光文社文庫

鮫島の貌

新宿鮫短編集

大沢在昌

光　文　社

※「似た者どうし」は、漫画「エンジェル・ハート」（作・北条司）の一部キャラクターを使用して書かれた作品です。
※「幼な馴染み」は、漫画「こちら葛飾区亀有公園前派出所」（作・秋本治）の一部キャラクターを使用して書かれた作品です。

目次

区立花園公園　5
夜風　33
似た者どうし　57
亡霊　81
雷鳴　111
幼な馴染み　131
再会　161
水仙　199
五十階で待つ　227
霊園の男　257
解説　北上次郎（きたがみじろう）　282

区立花園公園

程度の差こそあれ、腐ったリンゴは、どの樽の中にもある。ほどほどに腐ったリンゴが困るのは、周りのリンゴも腐らせてしまうことだが、大森ほど腐ったリンゴになると、周囲が避けるので、心配はない。この男はいずれクビになるか、逮捕されるかのどちらかだろう、と私は考えていた。いずれにしても私の課ではないので、かかわりはない。西新宿のガード脇にある定食屋で昼食をとった帰り、その大森とばったり会った。

カシミヤのダブルのブレザーを着て、水色のポケットチーフをのぞかせている。手首にはめているのは金のロレックスで、人に訊かれると、「イミテーションだ」と答えているが、本物と私は見ていた。

鼻の下にたくわえたヒゲとオールバックの髪型もあって、とても刑事には見えない。

「これはまた、ひょんなところで」

大森は人なつっこげな笑みを浮かべた。目尻に寄る皺のせいで、優しげな顔になる。

「そこの天丼はうまいんだ」

私はでてきた横丁を目で示した。

「あんなもん食ってちゃ体壊しますよ。もうちっといいもん食べて下さいよ」

大森は顔をしかめた。

「五百円の天丼なんて、どんな油使ってるかわかったもんじゃねえ」

「美食家じゃないのでね」

大森は私の前を塞いでいて、どこうとしなかった。ランチタイムの終わりで、歩道を塞いでいる大森を、多くの人が迷惑げによけていく。たとえカシミヤのジャケットを着て、優しげな笑みを浮かべていても、ここは新宿だ。「邪魔だ、どけ」と、見知らぬ男に文句をつける愚は誰もおかさない。

「ちょっと、いいすか」

大森はいって、私の肩に腕を回した。目上の者にとる態度としては問題だが「マンジュウ」などに気がねはないというわけだ。

「何だい」

「茶でも飲みませんか。うまいコーヒー奢りますよ」

大ガードの向かいにある喫茶店を、大森は目で示した。

「午後から会議があってね。戻らなきゃならん」

「年末警戒の準備会議でしょ。気にすることはないですよ。どうせ署長が訓示たれて終わりだ。つきあって下さいよ」

大森は私の目をのぞきこんだ。活きの悪い魚は目でわかるというが、大森の目も同じだった。焦点がどこかぼやけていて、考えを読みとらせない。腹の中で相手をどう思っていても、薄い膜がそれをおおい隠している。

「このコートも古いっすね。俺が四係きたときには、もう着てましたよね」

私のコートの生地をつまんだ。

「気に入ってるんだ」

大森は首をふった。

「今度、バーバリーか何か、プレゼントしますよ」

「懐ろがあたたかいんだな」

「競馬でね。俺は馬券の天才なんで」

いつものセリフだった。新しい服を買ったり、若い署員に飯や酒を奢るたび、その言葉を口にする。

本気で信じている人間などいない。

大森は私を、信号が青になったばかりの横断歩道へ押しやった。

喫茶店に入り、向かいあった。私の分も勝手に、大森は、

「モカブレンドふたつ」

と注文した。ジャケットからラークとカルティエのライターをだした。パチリと蓋の音をたて、うまそうに煙を吹きあげる。

「おいしいな」

届けられたコーヒーをすすって、私はいった。昔は私も、サイフォンとアルコールランプでコーヒーを淹れることがあった。

もう何年も、インスタント以外のコーヒーを家では飲んでない。

「課長のとこにきた新人、どうです」

「さあ。新城君に任せているから」

新城は課長補佐だ。実質、私のかわりに課をひっぱっているという自負をもっている。彼の狙いは、公安への栄転だ。所轄の防犯などにいつまでもくすぶってはいられない、と考えているようだ。

それはそれで、まちがってはいない。

「いや、新城さんにもちくっといったんですがね、課長預かりなんだから、そっちにいっ

てくれって」

「何か迷惑をかけたかな」

大森は困ったような笑顔になった。

「知っての通り、俺らの仕事ってのは、つきあい、なんですよ。互いの顔を立てあって、何かあったら、だすべきネタや人間をだしてもらうわけです。そういう関係にもっていくのに、一年や二年はかかる。それを、あの新人はぶっ壊してまわっている」

「ぶっ壊す？」

大森は髪をなでつけた。身を乗りだし、低い声でいった。

「四係なんか関係ねえって、いったらしいんです。俺は俺だ、逆らう奴はかたっぱしから呟(か)んでやるって。どういうことです？」

「そんなことをいったのか」

「ええ」

「誰から聞いた？」

「そこら中(じゅう)ですよ。花井(はない)のとこや他(ほか)もそうです。いったいどうなってんだって、俺の顔見ると、皆いいやがって」

「すると、あんたが苦情受付係になっているわけか」

私がいうと、大森は嫌な顔をした。

「そんなごたいそうなものじゃないですよ。けれど、いろいろ抑えこんできたもんが、あのハネあがりのせいで、いっぺんにハジけちまうかもしれないんです」

「なるほど」

「そうなったら課長も困りますよ。薬物強化の月間ノルマだって、うちの根回しがあったから、それなりの数字がでたんですから」

「そうだったのか」

「しっかりして下さいよ、課長でしょうが。聞くとこによると、あいつ、キャリアなんだそうじゃないですか。それがどういう風の吹き回しで新宿に落っこちてきたかは知らないが、現場には現場のしきたりがあるってのを、ちゃんと教えて下さいよ」

「それは四係のしきたりで、うちのしきたりとはちがうようだな」

「何、わけのわかんないことをいってるんですか。しきたりはどこでもいっしょでしょうが。奴だけが好き勝手していいなんてルールはないんです。じゃないと、大怪我することになりますよ」

「大怪我？」

「調子くれた奴に小突き回された連中が、一度やってやるかって話になったんです。止めましたよ、もちろん俺が。何も知らない若造でハネあがりだろうと、署員は署員だ。手前ら、手をだしたら後悔するぞ、と。けど、限度ってもんがあります。かばいきれないんですよ」

「そうか、迷惑をかけたんだ。申しわけない」

私は頭を下げた。

「いいってことですよ。だから、あいつに、少しおとなしくするように、いって下さい」

私はコーヒーを飲んだ。大森はにらみつけている。

「たぶん、いっても聞かないだろう」

大森はうんざりしたように顔をそむけ、息を吐いた。

「いいんですか。奴が怪我しても」

「それでしきたりというやつを覚えるのなら、しかたがないな」

「いいんですね」

大森はラークを灰皿につきたてた。

「覚えなかったら、そのときはどうなる？」

「さあね」

すっかり私を蔑んだ表情になって、大森はいった。

「本物の〝マンジュウ〟になるのじゃないですか」

当てこすりには気がつかなかったふりをした。

「ご馳走さん」

私はいって、腰をあげた。大森は、聞こえよがしに舌打ちをした。

課に戻ると、大半の課員が会議にでている中、当の新人は、机の上にファイルを広げていた。

「会議にでないのか」

「新城さんが、君はいい、と。まだこっちにきたばかりで、いろいろわからないだろうからといわれました」

新人の名前は鮫島といった。三十三だという。本庁公安の外事二課から半年前に、転任してきたばかりだ。

鮫島が新宿にきた本当の理由は、どこにも公にはされていなかったが、署員の大半はなぜか知っていた。

公安部長にタテついて、飛ばされたらしい。ヤバいネタを握っていて、渡そうとしなかった、それで懲罰人事をくらった。キャリアが警部のまま新宿なんて、懲罰以外ありえない、そんな噂が、きた当初からとびかっていた。

鮫島自身は、その噂に関して、否定も肯定もしていない。それ以前に、組もうという警官がしようがないのだ。鮫島に何かを教えてやろうとか、署内にはいないからだ。

着任初日から、鮫島はひとりできて、ひとりで帰った。歓迎会も開かれなかった。それを寂しいと思っているのか、いないのかすら、鮫島は言葉にしていない。

ただ、私には初日、

「ご厄介になります」

と挨拶した。そして、

「ご迷惑をおかけすることになるかもしれません」

と断わった。

「私は、ここにいてもいなくてもいい人間だ。気にせず、やりたまえ」

鮫島は一瞬、怪訝そうな顔をしたが、それ以上は何もいわなかった。

それからの彼の仕事ぶりは驚くべきものだった。ひとりで、署の管轄区域すべてを歩き回り、防犯課がかかわるべきなのに、見落としてきた、あるいは故意に見過してきた、事案の被疑者を次々と検挙した。階級は私と同じ警部なので、逮捕状の請求で、私をわずらわせることもなかった。

これまで、警察との共存関係にアグラをかいてきた暴力団にとって、彼の出現は、まさに青天の霹靂だった。容赦せず、逆らう者は公務執行妨害を適用してでも、かたっぱしからアゲていったのだ。

大森でなくとも、刑事課のマル暴担当はあわてふためいた。

突然、うちの人間をもっていかれたがどういうことなんだ、という抗議や問い合わせが、刑事課にあいつぎ、知らない、四係は動いていないと答えると、

「防犯の鮫島ってのがきた」

となって、また、あいつかと頭を抱える状況がつづいている。逮捕状の請求理由に遺漏はないし、書式として完璧なものを裁判所にだしているので、文句のつけようがないのだ。署員の多くが苦手とする、逮捕手続書、奥書の記入も、短時間でこともなげにすませてしまう。

書類仕事を得意とする刑事がいないわけではないが、そういう人間は基本、現場には向いていない。事務処理能力と捜査能力がここまで両立する警察官を、私は見たことがなかった。

キャリアだからできて当然だ、という者もいたが、そうともいえないことを、私は本庁

勤務時代に見て知っている。

所轄署に配属されるキャリアは、通常、署長か副署長クラスの一名で、あとは実習勤務の若い警部補くらいのものだ。

それにひきかえ警視庁にはキャリアがごろごろいる。部長クラスはもちろんだが、各課長、参事官も多くが、キャリアだ。では彼らがすべて事務処理能力が高かったかといえば、そうではなかった。

学歴が申し分ないからといって、個人としての能力が優れているとは限らない。面倒な仕事を下に押しつける権力があるだけに、いつまでも進歩しない人間もいる。

鮫島は、私から見ても希有な人材だった。彼のような男は、本庁、警察庁でトントンと出世の階段を登っていておかしくはない。

それが警部のまま所轄に飛ばされ、あまつさえ生命の危険すらあると噂されるのは、よほどの理由があるにちがいなかった。

誰もがかかわりを避けるのは当然だ。自らの未来を閉ざされる可能性が高いだけではなく、巻き添えをくって殺されるかもしれないのだから。

警官が警官を殺すなど、あってはならないことだ。しかし、公安がからんだとき、充分にありうる。鮫島が今でも警察官でいるのは、彼をクビにできない理由があるからで、その理由を消去するには、鮫島の生命を奪うという手段しか存在しないかもしれない。

自らの手をよごさずにそういう手段を講じるのは、公安はお手のものだ。極左暴力集団に潜入させたエスを使って、目立ちたがりの活動家をそそのかせばいい。より穏便にすませたければ、日本国内にいる海外諜報機関の下請け工作員を使って、事故や自殺に偽装する手もある。

そうした危険に対して、鮫島が何らかの予防手段を講じているのか、私は知らないし、知りたくもなかった。

彼は彼で好きにやればいいのだ。

ここは新宿だ。火山地帯で穴を掘れば、たちどころにガスや温泉が噴きでてくるように、街をつつけば、犯罪は次々と現われてくる。そのひとつひとつに対処しているだけで、退官までの時間はあっという間に過ぎるだろう。

ふつうなら、同じ所轄署に退官まで勤務することはありえないが、鮫島と私だけは別だ。

理由は異なるが、私も転任がない。退官直前の半年か一年なら、あるいは署長退官という花道が用意されるかもしれないが、そこまでの十年は、おそらく新宿署にとめおかれる。

その理由は、鮫島とちがって私自身にある。

息子を失い、家族が崩壊した事故以来、私は生きることに興味を失っている。自殺しなかったのは、死んだ息子に申しわけないからだ。

あの子は六歳で死んだ。もっと生きる権利があった。なのに私が生き残ってしまった。死ぬことで、私の寿命をあの子に分け与えられるなら、喜んでそうする。

だがそうではない。だから私は生きている。

「課長」

鮫島が立ちあがった。机の前に立った彼を、私は無言で見た。

「今年やった、トルエン倉庫のガサ入れですが、二度やって二度とも失敗しています」

「失敗？　確か、一斗缶を押収したのではなかったか」

「狙いは藤野組ですよね。一斗缶ひとつなど、藤野が一日に新宿で捌く十分の一にもなりません」

「すると倉庫の情報がまちがっていたと？」

「まちがってはいません。ブツが現にあったわけですから」

「では何だというんだ」

鮫島は一拍おいて、いった。

「ガサ入れ用のミヤゲです。一斗缶ひとつを残し、他のブツはよそに移す。もしミヤゲがなかったら、ガサ入れが無駄になります。そうなれば、なぜそうなったかが問題になる。

それを避けるためです」

　私は黙っていた。鮫島はつづけた。

「一斗缶ひとつでも、押収は押収です。目的は果たしたことになります。そうでなければ、ガサ入れの情報が洩れていたと思われる」

「つまり？」

　私は鮫島を見つめた。

「情報洩れをつくろうための偽装です」

　自分のいっていることの意味がわかっているのか、そういおうとして、言葉が喉につかえた。さっき飲んだモカブレンドのせいだった。

「どこから洩れている？」

　課内は、私と鮫島の二人きりになっていた。

　鮫島は首をふった。

「わかりません」

「この課だと思うか」

「ちがうと思います」

　私は鮫島の目を見つめた。

「それは希望か？」

「いえ。防犯から直接は、危険すぎます。防犯の動きを聞ける、別の課から流れているのだと思います。ガサ入れに関する情報統制が徹底されていないのが原因です」

「君が先月踏みこんでゲンタイした倉庫にはどれだけあった？」

「トルエンが十缶、シャブが百パケです」

「藤野か？」

「花井でした」

どちらも管内の暴力団だ。

「花井にとっちゃ痛手だな」

「いたのはチンピラ二人です。たいしたことはありません」

「だが藤野に比べれば、ブツの量が多い」

「藤野は慎重です。売人を尾行しても、直接倉庫に近づきません。倉庫から荷を売人まで運ぶ係が別にいるんです」

「過去の二回のガサ入れのネタはどこからきた？」

「情報屋です。氏名は書いてありません」

ある絵図（えず）が頭に浮かんだ。

「わかった。情報屋の件は、私が当たろう」

鮫島はわずかだが驚いたような顔をした。

「私では心配か？」

「いえ」

私の目を見ずに鮫島は答え、席に戻った。


「ミラノ」は、歌舞伎町の区役所通りにある高級クラブだった。そこに大森が入っていくのを、私は覆面パトカーの中から見ていた。ミラノの前にはベンツが二台停まり、若い衆が立っている。全員が、

「ご苦労さまです」

と、大森に頭を下げた。花井組の組員たちだ。

「ミラノ」には、通常の客席以外に、ＶＩＰルームと呼ばれる個室があって、おそらくはそこに大森は呼ばれたのだろう。

マル暴担当の刑事が、当のマル暴と酒を飲んだとしても、それ自体はとがめられない。情報収集の一環だといえば、それまでだ。だがそれにしても、あからさまだ。

不意に覆面パトカーの前に立った人間がいた。鮫島だった。フロントグラスごしに私を

見ている。私はドアロックを解き、助手席を示した。

鮫島は乗りこんできた。

「誰を尾けていた？」

「散歩です。偶然、課長が見えました。課長は？」

「人間観察だ。ここにこうして車を停めていると、いろいろなものが見えて、おもしろい」

鮫島と私は見つめあった。鮫島がふっと笑った。

「あれは花井組ですね」

「そうだ」

「景気がいいようだ」

「そうでもないだろう。一斗缶十箇とシャブ百パケは、けっこう痛い」

私は答えた。

三十分もしないうちに大森が「ミラノ」をでてきた。話が終わったようだ。鮫島が覆面パトカーを降りようとした。

「待て」

私は止めた。鮫島はふりかえった。

「あの男を知っていますよね」

「ああ、知ってる」

「昨夜、神楽坂(かぐらざか)のバーで、藤野の幹部と会っているのを見ました」

私は鮫島を見つめた。

「尾けたのか」

鮫島は無言で頷(うなず)いた。

「ああ見えても刑事だ。尾けられているのに気づくぞ」

「平然としていました」

嫌な予感がした。

「今日は尾けるのはやめておけ」

「なぜです?」

「なぜでも、だ」

大森は、鮫島が自分を監視していることに気づいている。ふつうなら怒鳴(どな)りこんでくるところだ。

「奴も馬鹿じゃない。ふたたびはかけない」

私がいうと、鮫島は目をみひらいた。

「きのう藤野、今日花井。それぞれ理由は別だ」

大森が通りかかったタクシーを停め、乗りこんだ。

「なぜそう思うんです？」

「藤野とは、管轄を外して会っている。花井は、新宿のまん中だ。理由が同じわけはない」

「どっちにコロされているんです？」

私は顔をそむけた。

「さあな」

大森の〝警告〟をこの男に告げるつもりはなかった。そんなことをいえば、私を大森と〝同じ穴の貉〟だと思うかもしれない。生きることに興味を失くしても、最低限のプライドはもっていたかった。

鮫島は助手席のドアを開けた。

「失礼します」

私は無言で頷き、覆面パトカーのエンジンをかけた。夜の区役所通りは渋滞している。

大森の乗ったタクシーを、ある程度は、徒歩で追尾できると、鮫島は踏んだようだ。

だが新宿の街は、私のほうが知っている。

短い一方通行を逆走してホテル街に入り、タクシーの先回りをして靖国通りにでた。

鮫島は、大森に対する監視をやめる気はないようだ。

それでいい、と思った。やめろといわれて手を引くような男なら、私は今、こうしていない。

大森が管内のクラブで、これ見よがしに花井組の幹部と会ったのは、「罠」にちがいなかった。鮫島はそれに気づいていない。いくら腐り切ったリンゴでもそこまでするとは思わないのだろう。

大森の乗ったタクシーの会社と車番を、私は覚えていた。私の予想が正しければ、そのタクシーは靖国通りを四谷方向に左折する筈だ。

大森が「罠」の舞台に選んだのは、新宿一丁目から二丁目にかけてのどこかだと私は踏んでいた。理由は公園だ。新宿公園、花園公園、同東公園、同西公園と一帯には四つの区立公園がある。ゲイの発展場として使われている公園もあり、深夜、一般市民は近づかない。しかも、四谷署の管轄区域にあたる。

大森を乗せたタクシーは新宿一丁目北を右折した。さらに二本目を左折し、花園通りに入ると、駐車場の前で停まった。小学校と幼稚園が近くにあるため、周辺に飲み屋があまりない一角だ。

私はミラーで、もう一台のタクシーがあとを追ってきているのを確認していた。鮫島だろう。

タクシーを降りた大森は、うしろをふりむきもせず、小学校と幼稚園に隣接した公園に入っていった。

私は覆面パトカーを降りた。二十メートルほどうしろに鮫島の乗ったタクシーが停まっている。私の姿を見た鮫島が何と思うかは考えないことにした。ただ、タクシーを降りづらくはなる筈だ。

大森がその公園を選んだ理由は近づくとすぐにわかった。公衆便所があり、広いので身を隠す暗がりが多いのだ。

もう一度、鮫島のほうをふりかえった。失望しているかもしれない。彼の尾行を邪魔し、尚かつ大森に知らせるのではないか、と。

だが、のこのこ降りてきさえしなければ、それでいい。

私はゆっくり、公園の中に入っていった。

大森の姿はなかった。かわりに、目出し帽をかぶり、木刀や金属バットを手にした男たちが、暗がりからわいてきて、私を囲んだ。

先頭の男が、私を見て人ちがいに気づいた。

「待て」

と、くぐもった声で仲間を制した。男たちは私を囲み、どうしたものか迷っていた。

「大森」

私は呼んだ。

「いるのだろう、でてこい」

公衆便所の扉が音をたてた。スラックスのポケットに両手を入れ、くわえ煙草の大森が現われた。

「くせえトイレにいつまでこもってなきゃいけねえかと思ってたけど、こりゃどういう風の吹き回しすか」

「こっちのセリフだ。ここで誰かが怪我をして、そいつを全部、花がつくところにおっかぶせようとでも思ったか」

「何いってんすか」

大森は眉をひそめた。

「わかりやすい絵図じゃないか。花井組の幹部と会ったあとのあんたを尾行していったら、覆面の連中に闇討ちされた。そのちょっと前に、花井組にガサをかけて痛い思いをさせたばかりの刑事がそんな目にあったら、疑うところはひとつだ」

「妙なアヤすね」

大森は肩をそびやかした。

「そうか？　じゃあなぜこいつらは覆面をしている？　あんたほど職務熱心じゃないが、花井組のチンピラと藤野組のチンピラの匂いのちがいくらいは、私にもわかる」

大森の表情がかわった。

「手前、何なんだ。何だって、よけいな首つっこむんだよ」

「よけいな首だ？」

私は大森の目を見つめた。

「お前らが共謀して袋叩き（ふくろだた）きにしようとしているのは、私の部下だ。やくざ者や腐った刑事に小突き回されるのを、黙って見ているわけにはいかないんだよ」

「この野郎……」

大森が淡々とつぶやいた。先頭の目出し帽をふりかえり、告げた。

「相手がかわったが、しかたがない。やっちまうか」

「そいつはよくねえ」

目出し帽が低い声でいった。

「やったら殺すしかなくなる。新米のデコスケいたぶるのと、ワケがちがう」

「何だ、手前、ケツ割んのか」

大森がすごんだ。

私はコートの前を開いた。腰に吊るしている拳銃をよく見えるようにした。

「利口だな。そっちの兄さんのほうが」

大森がぽかんと口を開いた。

「そんなもの、なんでもってんだよ」

「このところ物騒でね」

「一発でも撃ったら、あんた終わりだ。トバされる」

「忘れたのか。私は〝死体〟だ。先のことに興味などない」

「退くぞ」

目出し帽がいって、男たちが暗がりに消えた。走っていく足音が遠ざかり、やがて見えないところに停めた車のドアが開け閉めされる、バタン、バタン、という音がした。

残ったのは、大森と私だけだった。大森の額ににじんだ汗が、街灯の光を反射している。

「忘れてやる」

私はいった。

「ただし、あの若いのに何かあったら、お前と藤野組にまっ先にいく。わかったか」

大森は瞬きした。目をそらし、吐きだした。

「俺はあんたを見くびってました」

「けっこうだ。いくら見くびろうと、馬鹿にしようと、かまわんよ」

私はコートの前を閉じ、いった。

無言の大森をその場に残し、私は停めておいた覆面パトカーに戻った。鮫島が、かたわらの電柱の暗がりに、ひっそりと立っていた。

「今、四、五人の覆面をした男たちが走っていきました。何があったんですか」

「さあ。私は何も気づかなかった。小便が近くてね。そこの公衆便所を使っただけだ」

鮫島は私を見つめ、公園の方角に顔を向けた。

私はドアを開け、訊ねた。

「署に車を戻す。乗っていくかね」

鮫島は一瞬迷い、決心したように頷いた。

「お願いします」

靖国通りを疾走し、遠ざかっていくサイレンが聞こえてきた。

夜風

呉田（くれた）から電話がかかってきたのは、八月最後の金曜の晩だった。そろそろ秋風が立っていておかしくないというのに、その日はまるでひと月季節が逆戻りしたようなむし暑さが朝からつづいていた。風もなく、ねっとりとした空気がよどみ、誰もが家に帰ったら一刻も早くネクタイをむしりとり、べたついたシャツを脱いで、シャワーの下に駆けこみたいと願う日だ。

十時少し前、署をでた鮫島も、同じ思いで西武新宿（せいぶしんじゅく）駅に向かっていた。エアコンのきいた署をでてわずか数分歩いただけで、シャツが背中に張りついた。

振動した携帯電話の画面には、見慣れぬ十一桁（けた）の番号が表示されていた。

「はい」

応（こた）えた鮫島の耳に、妙に甲高（かんだか）い男の声が流れこんだ。

「鮫の旦那か。呉田だよ」

一瞬とまどい、やがて声と記憶が一致した。先月、管内の組を破門になったチンピラだ。三十半(なか)ばを過ぎているというのに一向にしゃぶと手が切れず、表向きには「覚せい剤法度(はっと)」を打ちだしている上部団体への人身御供(ひとみごくう)で、組長に破門された。機を見るに敏、といわれている組長は、父親から組をうけついで四年目に、関東屈指の広域暴力団の傘下に入った。〝大手〟の軍門にくだらなければ、シノギをつづけていかれないのは、表の稼業も裏の稼業もかわらない。

足を止め、駅へと向かう人の流れの邪魔にならない道ばたへと移動した。

「久しぶりだな」

いきなり電話をしてきた理由を探るため、言葉少なに鮫島は応じた。呉田を逮捕したのは確か、その組が広域に吸収される前だった。ホテトルのけつもちをやっていて、そこのママを管理売春で挙げたとき、しゃぶをホテトル嬢に流していた容疑で咬んだ。ホテトル嬢は、呉田の女だった。男が服役しているあいだに逃げて、田舎の実家に帰った筈(はず)だ。

呉田が出所(で)たのは、もう二年も前のことだ。切れた女を特に追っかけることもせず、おとなしくしている、という印象があった。その理由は、兄貴分の存在もある。

呉田の兄貴分、新村(にいむら)は、組うちでも一目おかれる男で、若頭筆頭候補といわれている。四十を少しでた年だが、十代のうちに先代組長の盃(さかずき)をもらい、武闘派で鳴らした。いわゆるイケイケやくざの典型だ。下の面倒見がよく義理堅いところもあって、組うちの受けはいい。

　ありがちな話だが、組の下部構成員にとっては、ぼんぼん育ちの二代目組長よりも叩(たた)き上げの新村のほうが人望がある。広域の軍門にくだることについては、新村は反対したといわれているが、それでも組を割ってでなかったのは、先代組長への義理を立てたからだ、というのが業界の噂だった。美談めいているが、自分も他人もそうやって納得させる生き方を好む世界なのだ。本音かどうかわからない。だがその新村本人が傷害事件を起こして、今は服役中だった。

　カタギや女子供にちょっかいをだすな、というのは新村の口癖で、出所後、未練から女を追っかけそうになった呉田を止めたという。

　任侠(にんきょう)映画と異なり、やくざ者は女に縁が薄い。少しでもまともな頭をもつ女なら、まずやくざ者とはつきあわないし、ましてや結婚など考えない。

　やくざ者で金回りがいいのは、よほど太いシノギをもっている人間に限られるし、そのシノギもいつまでつづくかわからない。羽振りのいいうちは金目当てで近づいてくる女も、悪くなったらとたんに離れていく。

　それも道理で、冠婚葬祭等、義理がけの多いやくざ者は、シノギが苦しいからといってしらばくれるわけにはいかない。結果、男のために風俗に働きにでる羽目になりかねないからだ。惚(ほ)れた男のために、そこまでする女は多くない。金の切れ目が縁の切れ目か、そうではなくても、自分の体を金にかえてまで尽しはしない。暗にそんな要求を男にされただけで、逆に別れ話をもちだす。

だから、女房や長年の愛人に頭の上がらないやくざは多い。逃げられたら、次が見つからないからだ。

さらに五十を過ぎると、大半のやくざが体に欠陥を抱えている。永年の暴飲暴食や全身に入れた刺青(いれずみ)のせいで、肝臓や膵臓(すいぞう)に慢性疾患を生じるのだ。食生活にも厳しい制限を課され、外食ができなくなって女房の手料理に頼らざるをえない。

呉田も自分を捨てた女にはかなり未練があったようだが、過去をすっぱり捨てて真人間になりたいという元ホテトル嬢をあきらめたのは、新村の戒めがあったからだと聞いていた。

「ちっと会ってくれないかよ」

呉田はいった。

「かまわんが、いつだ」

「今から」

「急だな」

答えながら、鮫島は頭を働かせた。元極道が突然会ってくれ、といってくるのは、何か大きなヤマを踏み、それが公になる前に自首をしたいか、恨みつらみでかつての仲間や親分を密告してやろうと考えているときが多い。

呉田には、そのどちらもがあてはまる。たぶん後のほうだろう、と思った。

「前に俺をパクったとき、あんたが踏みこんだマンション覚えてるか」

「もちろんだ」

鮫島は答えた。江東区の木場だ。ホテトルの事務所が新宿だったので、そこまで足をのばして逮捕した。通常、捜査、逮捕は犯罪の発生地点の所轄署警察官がおこなう。

「そこにいる」

「引き払ったと聞いたが」

呉田がホテトル嬢と暮らしていた部屋だ。

「くりゃわかるよ。いろいろあって、今でも使えるんだ」

電話は切れた。

妙だった。さして根性があるわけでも、腕が立つわけでもない呉田にしては、電話のかけかた、切りかたがぶっきら棒だ。最初の声が甲高かったのも、興奮している証拠で、酒を飲んでいるか、しゃぶを食っている可能性が高い。

暑くもあり、疲れてもいた。面倒だな、という気持が心の底にあった。他の警官にも同じような電話をかけたあげく、相手にされず、鮫島に順番が回ってきたのかもしれない。

組を破門されたやくざは惨めだ。カタギ社会と折り合いがつかずやくざになったのが、そこからも捨てられると、いき場がない。ましてや破門の理由がしゃぶでは、仕事を捜すどころか、話し相手すらいなくなる。

身からでた錆とはいえ、呉田が切羽詰まった状況にあるのは、容易に想像がついた。

だからこそ、面倒だ、と感じた。だが鮫島は、地下鉄大江戸線の駅に向け歩きだしていた。


駅をでたところで、呉田の携帯を呼びだした。探りを入れるためだ。

「はい」

もの憂げな声で呉田が答えた。

「今、地下鉄を降りたところだ。あと十分かそこらで着く。お茶でも飲むか」

とりあえず部屋から誘いだしたほうがいいだろう。

「いや。暑いから外にはでたくねえ。こっちにきてくれ」

「何を考えている」

「くりゃわかるよ。別にあんたに恨みはねえ」

電話は切れた。

確かに今さらお礼参りはない。昔の女とも完全に切れているし、もしつきまとわれるようなことがあったら鮫島にも連絡が入る筈だ。女は携帯電話の番号もかえ、確か去年の初めには、地元で結婚したという通知も届いていた。もちろん呉田はそれを知らない。

マンションの前にきた。築三十年はたっているような老朽化した建物だ。住人の多くはでていったのか、明りのついている窓は少ない。そのうちのひとつが、最上階五階の、呉田がかつて住んでいた部屋だった。

万一、を考えた。手錠と特殊警棒はベルトのケースに差してあるが、拳銃はもっていない。

上司の桃井（ももい）に電話を入れようかと考え、夏風邪でこの数日、体調がすぐれないようすなのを思いだした。もう寝ているかもしれない。

エレベータはなく、湿った臭（にお）いのする階段の蛍光灯は明滅しているか切れているものばかりだった。

建物の中に足を踏み入れても住人の気配がほとんど感じられない。空気だけが湿度はそのままに、わずかに温度が下がったようだ。

五階にあがり、記憶に残る一番奥の部屋のドアをノックした。塗装のはげ落ちた、金属製のドアだ。今どきめったに見ない牛乳受けが下部にとりつけられている。

「開いてる」

奥から声がして、鮫島はノブを握った。

軋みをたてながらドアは開いた。部屋は二DKで、手前に殺風景な台所があり、次に六畳のリビングがある。

五、六年前に踏みこんだとき、その台所の、水切りカゴに洗ったラーメン丼がふたつ、並んでたてかけられていたのを思いだした。部屋は、荷物が多いものの、それなりに片づけられていた。片づけていたのは、呉田のもとを逃げた女だ。

忘れていたその女の名が、鮫島の脳裏によみがえった。坂本かずえ。

現在の部屋にはほとんど荷物がなく、赤茶けた畳が見えていた。奥の四畳半は暗い。古い蛍光灯の豆電球が点っているきりだ。

「どこにいるんだ」

警戒をゆるめず、鮫島はいった。片手はまだ閉めきっていないドアのノブにかけている。

「奥だよ」

「でてこいよ」

古いクーラーが唸りをたてていて、部屋の中はじっとりと冷たかった。空気を冷やすだけで、除湿機能はないようだ。

四畳半でゆらり、と影が動いた。Tシャツに膝丈のショートパンツをはいた呉田が現われた。小柄で痩せこけ、右手に拳銃を握っている。鮫島が支給されているのと同じ、ニューナンブの短銃身モデルだった。

「何だ、それは」

鮫島はいった。蛍光灯の下に立った呉田の顔は蒼白だった。

「借りものだよ」

「借りもの？」

呉田はわずかに顎を動かした。自分がでてきた四畳半を示したようだ。そこにもうひとつ影が横たわっている。

鮫島は靴を脱ぎ、あがりこんだ。呉田が一歩退き、鮫島は奥の部屋に入った。

ポロシャツにスーツを着た男が、部屋の隅に積みあげられた段ボール箱によりかかって、浅い呼吸をくり返していた。目を閉じていて、右肩の下に黒い染みが広がっている。

四畳半の窓はベニヤ板で閉ざされていた。積みあげられた段ボール箱は、引っ越し業者のもので、上下ふたつある。それ以外に荷物は何もなかった。

鮫島は蛍光灯のヒモを引いた。だが豆電球以外は切れているらしく、明りが点らない。

男が目を開いた。どうやら意識を失っていたようだ。

「誰だ、お前」

暗がりで目をみひらいている。

「新宿署の鮫島だ」

男は無言で鮫島を見あげた。そのとき、男のことがわかった。四谷署で丸B担当だった杉下だ。管内の暴力団との癒着を疑われ、昨年異動になった。

「鮫、かよ」

吐き捨てるように杉下がいった。杉下の癒着は明白だった。ロレックスを腕に巻き、イタリア製のスーツを着け、毎晩のように歌舞伎町のクラブやキャバクラをハシゴしていた。勘定を払うのを見た者はおらず、それでも店側は〝上客〟として扱っていた。

タカっていたのではない。飲み代は別の人間が払っていたのだ。

杉下が飲むのは、経営に暴力団のフロントが一枚かんでいる店ばかりだった。飲み代はそのフロントがもつか、表向き金融業を営む、フロントの仲間が払っていた。

はだけた上着の下に、空のホルスターがあった。

「何しにきやがった」

杉下がいった。強い酒の臭いがした。

鮫島は背後をふり返った。鴨居に左手を預け、呉田がよりかかっている。右わきに垂らした手にニューナンブがあった。

「お前がハジいたのか」

鮫島はいった。呉田は答えなかった。

「馬鹿野郎！」

鮫島は怒鳴った。

「よこせ！　そいつを」

呉田はわずかに体を震わせた。だが応じなかった。

鮫島は深呼吸した。予想外の事態だった。刑事が元やくざに銃を奪われ、撃たれている。

「何があった」

鮫島は呉田をにらみつけたまま、いった。呉田は答えない。

「救急車を呼ぶ」

鮫島はいって携帯電話をとりだした。

「駄目だっ」

呉田がいってニューナンブを鮫島につきつけた。

「俺の話を聞いてくれよ。それまでは駄目だ」

「ふざけるな。話しているあいだに杉下が死んじまうぞ」

呉田は首をふった。

「あんたしかいないんだ。つかまったら俺は終わりだ」

「くそったれが」

唸るように足もとの杉下がいった。

「お前はとっくに終わってらあ」

「うるせえ」

呉田がいった。

「お前こそ腐れマッポだろうが」

何かがある。状況からして、杉下がひとりでいることじたいが不自然だ。鮫島は杉下の体の上にかがみこんだ。上着をめくった。弾丸は右の肩胛骨(けんこうこつ)の下に入っている。背中側には抜けておらず、出血はそう激しくない。

「撃たれたのは一発だけか」

「ああ。あれにはまだ四発、入っている」

杉下はいって目を動かした。

「あんたひとりか」

通常、捜査の際は刑事は二人で動く。組む者のいない鮫島は特殊だ。

杉下は無言だった。

「相棒はどうした」

「いねえよ、そんなもん」

「ひとりでここにきて、ハジかれたのか」

「うるせえな、早くあいつをパクれや」

杉下は左手で鮫島をつきとばした。

「殺人未遂の現行犯逮捕だ。点数いいぞ、おい」

喋るたびに酒が臭う。鮫島は立ちあがった。

怯えたように呉田が後退りした。

「話せ」

鮫島は呉田にいった。呉田は両手で銃を握り、銃口は鮫島の下腹部に向いている。下腹部の筋肉が意志とは関係なく固くなるのを鮫島は感じた。

「喋ったら終わるぞ」

杉下が抑揚のない声でいった。

「お前はム所でバラされる」

「あんたは黙ってろ」

鮫島はふり返らずにいった。

「手前、それでも刑事か。覚えてろ」

鮫島は無視した。リビングに向け、一歩踏みだした。今のところ呉田に、鮫島に対する殺意はない。だが精神的にかなり追いつめられている。まちがった刺激をすれば、引き金をひくだろう。

「――こいつがきたんだ」

呉田が顎をしゃくった。

「ここにか。ここにまだ住んでたのか」

「破門になって、いくとこがなくて。住んでたとこは、組の寮だったたんだ」

部屋住みの若い組員が非番のときに寝泊まりする部屋を〝寮〟と呼ぶ。だがそんな〝寮〟で暮らしているのは、十九、二十の修業中の子供くらいのものだ。呉田がそこにいたというのは意外だった。

「ヤサがなかったのか」

「俺、馬鹿だからよ。何にもできなくて。かずえに逃げられてからは、新村の兄貴んとこに世話になってた。でも兄貴が入っちまったんで、姉さんにでてってくれっていわれて」

しゃぶ中のチンピラを同居させるのはつらいだろう。まして亭主が服役でいなくなったら、新村の妻にも限界がある。そこで〝寮〟に入ったが、破門されていきどころがなくなったというわけだ。

「いくとこがなくて困ってるっつったら、若頭（カシラ）が少しのあいだなら使っていいって――」

呉田の顔が歪（ゆが）んで、泣きそうになった。

「そこへなんで杉下がきた」

「く、組がよ、ここの家賃、払ってたんだよ」

「組が？　知ってたのか、お前」

「何となく、よ。妙だな、と思ったんだよ。前に『あの部屋はまだあるが、お前は住んじゃ駄目だ』って兄貴にいわれてて。でもよ、名義はまだ俺のままなんだよ、ほら――」

呉田はショートパンツのポケットから公共料金の通知書らしい紙をとりだした。

「きてみたら入ってたんだよ、これが。『クレタシンイチサマ』ってなってるだろ」

鮫島は手をのばした。電気料金の検針通知書だった。呉田の名前が入っていて、日付はひと月前だ。

「俺、知ってんだよ。ここは来年とり壊すんだけど、住みたい奴はぎりぎりまで住んでいいってことになってて。この部屋の他に、あとひとり爺さんが住んでる」

「お前の名義で家賃は払っているのに誰も住んでいなかった。いくとこのないお前に、だったらここにいけ、と。いつの話だ」

「先週だよ。きれいに使えっていうから、俺、きれいに使ってた。そうしたら――」

呉田は口を閉じた。暗い目で杉下を見つめている。

鮫島はからくりに気づいた。組が呉田の名義をかえずに部屋を借りつづけていたのは、ここを非合法な目的に使うためだ。組にとっては呉田など、末端の消耗品に等しい存在で、何かあれば切り捨てられるという計算があったのだろう。その呉田がこの部屋にいるときに杉下がやってきたのは、偶然ではない。偶然ではないが、杉下が思ってもいなかった抵抗を呉田は見せた。

鮫島は杉下をふり返った。

「あんたはここで何を見つける予定だったんだ」

杉下は答えなかった。目を閉じ、苦痛に耐えているかのようだ。

「そういや、今月は拳銃取締強化月間だったな」

「やかましい！　手前に何がわかる⁉　ノルマかけてんのは、手前の同級生どもだろうが。自分はクーラーのきいた霞が関でふんぞりかえりやがって、ああしろ、こうしろと偉そうに顎で使ってるだけじゃねえか」

杉下は目をかっとみひらいた。鮫島は杉下がもたれかかっている段ボール箱を見つめた。

「この中か」

歩みより、段ボール箱に手をかけた。上の箱は空だった。下の箱に重みがある。開くと、クッキーの缶が入っていた。中身は想像がついた。

「チャカの保管庫か。だが一挺だけってのは少ないな。余分を運びだし、ガン首として呉田に押しつけた。組には捜査が及ばないように、呉田ひとりで片をつける絵図ができていたというわけか」

「何だよ、それ」

呉田がいった。

「どういうことだよ」

鮫島は呉田を見やった。お前はハメられたんだ、という言葉が喉の奥につかえていた。それを口にすれば、呉田は暴走するかもしれない。

新村がしゃばにいればこんなことにはならなかったろう。杉下を見おろした。

「あんたの異動先の管内か、ここは」

「うるせえ」

うしろだてになってくれる兄貴分が服役し、呉田は、組にとってはどうしようもないお荷物でしかなくなった。だがその荷物をうまく利用する絵図を誰かが描いた。疑惑をかけられ、トバされ、逼塞していた杉下だ。使わない拳銃一挺にお荷物をくりつけ、摘発する。杉下は点数を稼ぎ、組は〝貸し〟を作る。いずれその〝貸し〟は摘発情報の提供や、組のシノギへのお目こぼしとなって返ってくる。

鮫島は深々と息を吸いこんだ。卑劣な取引だった。

かがんで、杉下の耳もとでいった。

「あんたが描いたんだな。だからひとりで踏みこんだ。破門されたカスなら、パクらせてもかまわないって組に納得させたのだろう。頭いいな。ノルマは達成、またうまい酒を飲ませてもらえる。もしかしてあれか、場合によっちゃ、呉田の口を塞ぐ気だったか。ここんとこサツは弱腰だって批判がでているもんな。しゃぶ中の元組員が拳銃を所持、なんてことになりゃ、そいつを射殺したってマスコミは、よくやった、てなもんだ。それを狙ったか。死ねば、呉田がよけいなことを喋る心配はないものな」

「何いってやがる。わけのわかんねえことというなよ。なあ、いい加減、奴をパクれよ。俺だって、痛えんだよ」

「だったら答えろよ。絵図描いたのは誰だ」

「知らねえっつってんだろ。手前、どっちの味方なんだよ」

「酒食らってきたのは、さすがに人殺すのに度胸がいったからか」

杉下が口をつぐんだ。図星だったようだ。

鮫島は立ちあがった。リビングに足を踏みだし、呉田のかたわらに立った。

「呉田、かまわない。こいつハジいちまえ」

呉田が目を丸くした。

「こいつは、薄汚ない取引の材料にお前を使った。こんな奴を生かしとくことはない」

「何いってんだよ……」

「何いってんだ、お前」

「そうだろうが！　ちがうのか」

鮫島は怒鳴りつけた。

やがて杉下が口を開いた。弱々しい声だった。

「わかったよ、俺が悪かった。絵図描いたのは俺だ。だから勘弁してくれ」

鮫島は呉田を見た。

「どうする。勘弁してやるか」

呉田は激しく瞬(まばた)きをした。

「わかんねえよ、どうすりゃいい。ハジいたほうがいいならそうするよ」

銃口を杉下に向けた。

「勘弁しろよ！　俺が悪かったつってんじゃねえかよ」

杉下が涙声になった。呉田の握るニューナンブの銃口が下がった。

「できねえよ。俺、馬鹿だけど、お巡り殺したらどうなるかくらいはわかる」

鮫島は息を吐いた。

「いいんだな」

呉田は頷(うなず)いた。

「じゃあ、それを貸せ」

ニューナンブが鮫島に預けられた。呉田がずっと握りしめていたせいか、グリップが熱い。

はあっと杉下が息を吐いた。鮫島は左手で携帯電話をとりだした。まず救急車の出動を要請し、次に所轄署の代表番号にかけた。交換がでると、いった。

「組対課をお願いします」

「はい、組対です」

宿直らしい若い刑事の声が応えた。

「こちらは新宿署生活安全課の鮫島警部です。緊急の用件があって、そちらの課長と連絡をとりたい」

あえて階級を名乗った。

「新宿の鮫島警部ですね。承知しました。折り返し、電話を入れます。番号を願います」

鮫島は携帯電話の番号を告げた。

「了解しました」

電話を切り、呉田に向きなおった。手錠をとりだした。

「かけるぞ」

呉田は小さく頷き、両手をさしだした。救急車のサイレンが近づいてくる。鮫島は腕時計を見た。午前零時を少し回っている。

リビングの窓に赤い光が映った。歩みよると窓を開け、顔をつきだして叫んだ。

「おーい、ここだ。五階だっ」

救急車の隊員が気づいた。ストレッチャーを後部からおろす。それを見おろしていると、頬に風があたるのを感じた。鮫島は一瞬目を閉じた。ようやく、夜風が吹きだしたのだった。

似た者どうし

何かがちがう、そう感じる気持が強くなればなるほど、わたしはこの街にきたくなる。

マネージャーがいい顔をしないことはわかっている。もう、新宿には近づくな、メジャーになった青木晶(あおきしょう)には、不釣り合いな場所だというのだ。

冗談じゃない。フーズ・ハニイはこの街で生まれた。わたしの歌は、この街の人たちを歌っている。

新宿にこられないのだったら、メジャーになんて意味がない。わたしは、この街とこの街の人々のために歌ってるんだ。

下らないやりとりにうんざりして、テレビ局のスタジオをでた。送っていくというマネージャーに、ほっといてと叫び、地下鉄に乗る。

何がメジャーだ。電車に乗っているわたしに気づく人は誰もいない。少しほっとして、鏡になった扉のガラスをのぞきこむ。

最近は、あいつまでが、いっしょに歩くのをためらうようになっている。

こんな馬鹿な話ってない。新宿で始まったフーズ・ハニイの夢は、ひとりでも多くの人に、わたしたちの歌を聞いてもらうことだった。なのにその夢がかなおうとすると、わたしの大切な人と、大切な場所が、わたしから遠ざかっていく。

新宿駅で地下鉄を降りると、足早に歩いた。さすがにこの街では、誰にも気づかれない、というわけにはいかない。深夜の地下鉄と歌舞伎町では、そこにいる人間の年齢も温度もまるでちがうのだから。

もち歩いている素通しの眼鏡をかけ、キャップを深くかぶる。それでうつむき気味に歩いていった。

午後十一時二十分。ヒップポケットにつっこんだケータイが気になる。あいつはどこにいるのだろう。当直なら、ここからほんの少し離れた新宿署。そうでなかったら、もしかすると、ほんの一本、通りをはさんだだけのどこかで、誰かに目を光らせているかもしれない。

明日、わたしのライブにくる、と約束している。夕方待ち合わせて、いっしょにホールにいく。ライブの本番は見られないけど、直前のランスルーリハーサルは見ていく、といった。

本番の時間、あいつが何をしているかは考えたくない。ひとりで、仲間もなしで、ヤッパやチャカをもった奴らのところに乗りこんでいるかもしれないのだ。撃たれたり、刺されたり、いい加減にしてほしい。なんでいつだってひとりなんだ。なんで自分がいかなけりゃ、悪い奴をつかまえる人間がいない、と決めてるんだ。

「そんなことはないさ。優秀な警官はいっぱい、いる。俺がいなくたって、この仕事をする人間がいなくなるわけじゃない。ただ、警官より犯罪者のほうがはるかに多い。だから俺は働くんだ」

このワーカホリック。でも鮫は泳ぎ続けなけりゃ死んじまう。あいつも同じで、悪い奴を追いかけつづけてなければ死んじまうのだろう。

そんな奴を好きになったわたしが悪い。他の男とつきあえたらもっと楽になる、とも思ったけど、あんな奴はいない。

そりゃそうだ。わたしは思わず笑う。

「新宿鮫」みたいな奴、他にいるわけがない。

気づくと、いつもの場所にいた。歌舞伎町のどん詰まりの古いビル。一階には昔からある薬屋さんが入っていて、あとはカウンターバーや居酒屋だ。最上階の六階にある非常口から、屋上にあがることができる。

このビルのことを教えてくれたのは、わたしを最初にバンドに誘ったカズキだった。なぜならカズキは、一階に入っている薬屋さんの息子で、屋上で練習するのを許されていたのだ。

カズキとわたしは少しだけつきあった。鮫と会う、ちょっと前だ。カズキはわたしより三つ上だった。だった、というのは、つきあいだして半年目、カズキは死んだからだ。職安通りで、朝がた、タクシーにはねられた。クスリを入れすぎていたんだ、とあとから友だちに教えられた。だからわたしはクスリをやらない。

エレベータで六階に昇った。非常口の扉は一見すると鍵がかかっているようだし、ノブが錆(さ)びているので、ちょっと引っぱったくらいじゃ開かない。だからこの秘密のドアのことを知っている人間は少ない。

わたしは苦しくなると、よくここにくる。三方をビルで囲まれ、調理油や排気ガス、安い香水の匂いの混じった空気がたちこめた狭い屋上に立ち、ぼんやりと歌舞伎町の人ごみを見おろす。酔っぱらい、キャッチ、やくざ、チンピラ、田舎者、外国人、皆(み)んな欲望むきだしの、だからこそどこより正直で残酷な街。

歌詞もいっぱいここで書いた。バーボンをあおりながら、人がどんどん減って、かわりにカラスがどんどん増える、この街の夜明けを何回迎えたか、わからない。あいつにすら、ここを教えたことはない。ここは、わたしだけの場所だ。

階段を登り、扉を押した。びっくりした。先客がいたのだ。それも、弱っちい感じの男の子だった。色が白い。細くて、Tシャツにジーンズ、カーキのパーカを着ている。屋上の手すりを握り、今にも飛び降りそうなようすで下を見つめていた。クスリが効いているのだろうか。そう思ったけれど、少し違うようだ。向かいのビルのネオンのせいでひどく青白い顔をしているように見える。

ふり向いた。十二、三歳。もう少しいっているかもしれないが、幼く見える。およそ歌舞伎町なんかに夜くるようなタイプじゃない。足もとにグレイのショルダーバッグが転がっていた。

眼鏡の奥の目がやけに大きかった。怖がられている、と気づくのに少しかかった。この子から見ればわたしはおばさんで、きっと歌舞伎町にいくらでもいる、すれっからしの同時に、Tシャツに飛び散った血の染みにも気づいた。怪我をしているようには見えないから、誰か別の人間の血かもしれない。

「あ」

細い声で男の子はいった。

「勝手に入ってすみません。すぐでます」

「別にいいよ」

わたしはいった。

「あたしだって勝手に入ってる」

男の子は瞬きした。血の染みを見て、わたしは少し警戒していた。だけど、この子が誰かに殴られることはあっても、誰かを殴っている姿は想像できない。華奢で、頭は良さそうだけど、運動はからきし駄目、学校じゃいじめにあってる、ある意味、ひ弱な男の子のステレオタイプだ。

そう考えて、どきっとした。こいつ、いじめにあって、自殺しようとか思って、ここに迷いこんだのじゃないか。

「お姉さん、ここの人じゃないんですか」

男の子は訊ねた。

「ちがうよ。十年くらい前からここにきてるけど。あんたと同い年くらいの頃」

男の子は再び瞬きした。

「いくつ？」

わたしは訊ねた。

「十五です」

わたしは頷き、屋上のまん中にある貯水タンクの台に腰をおろした。たいていここにすわるか寝そべっているのだ。

「住んでるんですか」

「ここに？　ちがうよ」

答えると、それきり男の子は話すことを思いつかなくなってしまったように黙りこんだ。

やがてわたしはいった。

「何してた」

「別に」

「そう。飛び降りる気なのだったら、ここはやめたほうがいい。高さが半端だから」

そういうと、急に目がきつくなった。

「試したんですか」

「試しちゃいないよ」

「じゃ、わかんないじゃないですか」

「そうだね、でもどうせ飛び降りるんなら、もっと確実なところがいいじゃん。それにここじゃ、人に迷惑かける。飛び降りたら、下歩いてる誰かにぶつかる」

男の子は黙った。怖かった目が、また急に弱々しくなった。

こいつ、本気だったんだ、とわたしは思った。

「あたしも同じこと考えたときがあった。あんたみたいにずっとそこにいた」

「いつ？」

「あんたくらいの頃」

「なんで？」

「教える義理はないけど、教えてあげる。好きだった男が死んだ」

「好きだった人が死んだら、死にたくなるもの？」

「あんたくらいの頃はね」

「今は平気？」

「平気じゃないけど、死のうとは思わないだろうね」

あいつのことを考えながら答えた。カズキよりはるかに、いつ死んでもおかしくないような人生を送っている。あいつが死んだらわたしも死ぬ、なんて思ってたら、とっくにわたしの心は壊れてる。

「じゃあ、その人ほど今の人を好きじゃないんだね」

「ちがうね」

わたしはいった。

「そいつが死んでもあたしの人生はつづく。好きだってことと、ひとりひとりの人生は別だ。だってそうだろ。別の人生を歩いてきたから好きになる。同じ人生だったら、家族じゃないか」

家族、という言葉に男の子は反応した。びくっとして唇(くちびる)をかんだ。

「それに、あたしが勝手に死んだら迷惑する人がでる。そういう人がいるあいだは無理だ」

「俺が死んでも迷惑する人はいないよ」

「そうなんだ」

「説教しないの。そんなことはない、とか」

「なんであたしがするの。あんたがそう思ってるなら、本当にそうかもしれないじゃん」

男の子はごくり、と喉を鳴らした。

「わかんないな。お母さんは泣くかも」

「泣かせたい？　お母さんを恨んでるの」

男の子は首をふった。

「好きだよ。お母さんはすごく」

「そう。じゃ、幸せだ」

「幸せ？」

「お母さんはあんたを大事にしていて、あんたもお母さんを好きだ。幸せじゃない」

「お姉さんはそうじゃなかったの」

「そんなことはない。でも、母親がしてほしいって考える生き方を、あたしはしてない」

なんでこんなことをガキに話すのだろう。

「どんな生き方？」

「ふつうの生き方。学校いって、就職して結婚する」

男の子は改めてわたしを見た。

「ＯＬには見えないね」

「ちがうよ」

「働いてないの」

「働いてるよ」

少しむっとして、むっとしたことが今度はおかしくなった。

「なんで笑うの」

「あんたにむっとしたから。でもむっとしたあたしがおかしい。あたしは歌をうたってる。それが仕事」

なぜか素直に、仕事をいえた。

「歌手？」

「まあね」

「有名？」

「たいして」

「ＣＤだしてるの」

「だしてるけど、教えない」

男の子は目を細めた。根性の悪そうな顔になる。こいつきっといじめられている。

「嘘（うそ）なんだ」

「ちがうけど、そう思うのならいいよ」

男の子は黙った。

「あんた名前、何ての」

「大地(だいち)」

不意に手すりを離れた。バッグをすくいあげた。

「いいよ、もう。ここを返してあげる。俺は別のとこいく」

「そう。ありがと」

「ありがとう？」

大地は驚いたようにわたしを見た。

「あんたはひとりになりたくてここにいた。でもあたしがきた。先にきてたのはあんただ。だけど譲ってくれた」

「お姉さんはひとりになりたくなかったの」

「なりたかったよ」

「だったら俺を追いだせばよかったんだ」

「そういう考え方はしない」

「ガキ、あっちいけっていわれたよ。他のビルで」

わたしは肩をすくめた。はたかれて身ぐるみはがされなかっただけましさ、とはいわなかった。

「いくとこないんだよ」

勝ち誇るようにいった。

「そんな奴ばっかりだ。この街は」

わたしは立ちあがり、大地がつかまっていた手すりに近づいた。雑踏を見おろした。

「この街は、そういう連中で、できてる」

ふり返り、いってやった。

「ウエルカム・ホーム」

大地は目をみひらいた。泣いていた跡が目尻にあった。血の染みは、Tシャツの下の部分に散っている。

大地が歪んだ笑みを見せた。

「ホーム？　ここ、俺のホーム？」

「あんたに帰るとこがないのならね」

大地の顔が暗くなった。そして急に小走りになって、屋上をでていった。

翌日、待ちあわせ場所に現われたあいつに大地のことを話した。血の染みのついたTシャツを着ていたが怪我をしてなかったというと、あいつの顔が一瞬、曇った。

「なんだよ、マッポの顔、すんなよ」

「お前がさせた」

いって携帯電話をとりだして、離れたところで話していた。わたしは少し後悔しながら、それを待った。今日のあいつは、ジーンズにおっさん臭いコーデュロイのジャケットを着ている。

戻ってきたあいつに訊ねた。

「何かわかった？」

「いや。いくぞ」

あいつはわたしをうながした。店をでて、ライブをやるホールに向かって歩いた。わたしはあいつの腕をつかんだ。嫌がらなかった。

あいつが足を止めた。ビルとビルの間の狭い路地に、人が集まっている。十七、八のチンピラが三人いた。壁ぎわに誰かを押しつけていて、ちらりと青白い顔が見えた。

「大地」

わたしはつぶやいた。カツアゲをされてる。

「ちょっと！」

すごい声がした。わたしとあいつのうしろから猛スピードでそいつらに向かって駆けていく女がいた。ショートカットで美人だが、目を吊り上げている。

「何やってんの、あんたたち」

ふりかえったチンピラが、

「何だよ。うるせえな」

といった。

女は腰に手をあて、にらみつけた。

「今その子からお金とったでしょう。返しなさい」

「関係ねえだろうが、ババア」

いきなり女はそのチンピラの頬をつねりあげた。

「何ていった、今！」

この野郎っ、とチンピラは女の手をふりはらった。

「ぶっ殺すぞ、手前」

女はまるで動じなかった。

「殺す？　へえ、おもしろいじゃない。やってみなさいよ」

あいつがすっと踏みだした。だがそれより先に、

「やあ、君たち。仲よく何してるのかなあ」

やけに明るい声で、割って入った男がいた。くせっけのある髪をしていて、Tシャツにブルゾンを着た、あいつと同じ年くらいの男だ。いつのまにそこに現われたのか、まるで気づかなかった。妙にヘラヘラとしているが、目が笑っていない。

あいつの背がすっとのびた。わたしの手をほどき、短くいった。

「離れてろ」

「知り合い？」

答えなかった。

チンピラがくせっけのある髪の男に気づき、向きなおった。

「獠（りょう）！　こいつら――」

いいかけた女を制し、

「いいねえ、若いってことは。おじさんも青春時代を思いだすなあ」

胸をそらす。うんうん、と頷いている。チンピラたちはあきれたように顔を見合わせた。

「何いってんだ、おっさん」

「いやいや。若いときは、ちょっとした意見のくいちがいが、許せないっと思うこともあ

るわけだ。なあ、キミ」

囲まれていた大地のかたわらに手をつき、かばうようにしてチンピラをふり返った。

「だがどんなときも、語り合い、理解しあう努力を怠らなければ、必ず友情は生まれる」

手をのばし、あっけにとられているチンピラの手から紙幣をつかみとった。大地にさしだす。

「ふざけるな、こら！」

チンピラが拳をつきだした。それを男はひょいとかわし、チンピラの顔をのぞきこんだ。笑みが消えると、ひどく冷ややかな表情でいった。

「やめたほうがいいぞ。青少年。俺はからっきし弱いが、こっちのお姉さんは怒らすと大変なことになる」

「やかましい――」

いいかけ、チンピラは顔を歪めた。男がチンピラの手首の関節を決めていたのだ。

「何だ、おいっ」

別のチンピラがバタフライナイフを抜いた。が、男の蹴りが顔面に命中して倒れこんだ。

あいつが苦笑した。

「手前、刺す！」

もうひとりがナイフを腰でかまえた。わたしは思わず、あいつをふりかえった。

「ちょっと——」

「大丈夫だ。ほっておけ」

あいつはいった。ベキッという音がして、目を前に戻すと、腕を折られたらしいチンピラが地面にうずくまっていた。

「冴羽——」

あいつが呼びかけた。瞬くまにチンピラをのした男がふり返った。その目にあった殺気が消え、ひょうきんな表情にかわった。

「これは、これは。見ていたのに知らん顔とは冷たいね」

「お前が銃を抜いたら知らん顔はしないさ」

男は首をふった。

「こんな素人相手に俺が銃を抜く？　ありえない」

その男がやにわにつきとばされた。つきとばしたのは、最初に大地を助けようとしたショートカットの女だった。

「邪魔、邪魔。ちょっと、坊や、怪我はない？」

大地は呆然とした表情で首をふり、うしろから見ているわたしに気づいた。

「あ」

「また会ったわね。そのようすじゃ、きのうはこの街に泊まったようね」

わたしはいった。ショートカットの女はこちらをふり返り、わたしとあいつを驚いたように見比べた。

「香、俺、ちょっと用事を思い出したんで失礼するわ」

くせっ毛の男がいって、ひらひらと手をふった。

「えっ、何よ、それ。獠！」

香と呼ばれた女はぷっと頬をふくらませた。男は風のようにその場から消え去った。

「あの人、知り合い？」

あいつは無言だった。

しっかりして、という声が聞こえた。香が大地のバッグを拾いあげている。あいつがいった。

「人間は二種類いる。翼の折れた鳥を見つけたとき、自然に任せればいいと通りすぎる者と、それを決してほってはおけないと考える者だ。どうやらお前も彼女も同じのようだな」

わたしはあいつをにらみ、香と大地に歩みよった。香がわたしを見た。強い目をしている。確かにわたしたちは似ているかもしれない。

「暇だったらつきあわない？」

わたしはいった。大地を目で示していった。

「きのう、この子はあたしが歌手だといったら嘘つき扱いした。嘘じゃないのを証明してあげる」

香は無言でわたしと大地を見やった。

「久しぶりだな、香さん」

あいつがいったんで、わたしは驚いた。

「知ってるの、彼女のこと」

「彼女の兄さんを知ってた。同じ署だった」

香はぺこりと頭を下げた。

「久しぶりです、鮫島警部」

「これからこいつのライブだ。つきあわないか」

あいつがいった。わたしは香に手をさしだした。

「よろしく。あたしは晶」

香はわたしを見つめ、手を握り返した。

「香。槇村香。こんな美人なのに、獠はどうしてあなたに色目を使わなかったのだろう」

「俺が邪魔だったのだろう」

あいつがいった。わたしはふりかえった。

「あの、獠って人も刑事なの？」

あいつは首をふった。そして奇妙な笑みを浮かべて答えた。

「ちがう」


ライブハウスに四人で着いた。リハーサルを見て、あいつはいなくなった。わたしは香と大地のために席を用意した。二人とも本番も見たい、といったからだ。

ライブが始まる直前、あいつからメールが入った。

「ステージが終わったら、大地に自首させるんだ。大地の父親は、昨夜、刺されて病院に運ばれている。母親に対する暴力を見かねて、息子の大地が刺したんだ。本人は父親を殺してしまったと思い、家をとびだした。父親の怪我は軽傷で、自殺を心配した母親が捜索願いをだしている。お前と香なら、大地にやり直そうという気持をもたせられる」

わたしは息を吐いた。今日のステージは盛りあげるぞ。気合を自分に入れ、楽屋をでていった。

亡霊

特徴のある色白の坊主頭を見かけ、鮫島は足を止めた。

歌舞伎町一丁目と二丁目の境にある雑居ビルの前だった。時刻は午前十時と、まだ早い。十二時間後には色彩が溢れる区役所通りも、昼前のこの時間はカラスの天下だ。ほとんどの店が開店前で、ランチの準備のために出勤してくる従業員の姿すらまばらだ。

つるつるに頭を剃りあげている極道は少なくないが、まるで女のように白い肌と赤い唇をもつのは須藤錠治以外考えられない。

加えてわずかに左足をひきずる歩き方も須藤のものだった。中学時代、無免許運転で起こしたバイク事故の後遺症だといわれている。

須藤を見かけるのは久しぶりだった。足を洗ったという噂もあったが、マル暴担当はいちようにこれを否定している。足を洗えるタマではない、というのだ。姿を消したのは、組の金に手をつけたからではないか。それが発覚し、〝埋められた〟のだろうと推測する者もいた。

もちろん〝埋められた〟場所を特定し、遺体を発見できれば、大がかりなガサ入れをおこなう口実になり、うまくすれば組を解散に追いこめるのだが、さすがにそれは難しいと誰もが考えている。

暴力団による「表にでない殺し」の発生件数は決して少なくない。

被害者になるのは、たいていは組員やフロント、あるいは組に近いところでシノいでいる外国人だ。仲間割れや金銭がらみのトラブル、組織的な粛清などが動機で殺人は起きる。死体は発見されない。死体が発見されず、身内による失踪届もでなければ、殺人は発覚しない。産業廃棄物処理場や高温焼却炉などにもちこまれた死体は、作業に慣れた者の手で、跡形もなく消される。

そうして殺されている人間は、新宿だけでも年間、数名から十名近くいるのではないかと鮫島は考えていた。

結果として死体が見つかっていない〝幸運な〟殺しもあるだろうが、目的として死体を消してしまう殺しがかなり存在する。それはいわば、プロによるプロを対象にした殺しで、関係者は全員口をつぐむのがその特徴だ。

カタギがそうした形で殺されることはまれだ。まっとうな勤めや家族をもつカタギがある日失踪すれば、警察はトラブルに巻きこまれたことを疑う。周辺に暴力団の存在があれば尚さらだ。

カタギをさらって〝埋めた〟となれば、計画的な殺人として執拗な捜査の対象とされるのは避けられない。組全体に及ぶマイナスを考えれば、殺すときは実行者が逮捕されるのを覚悟の「表の殺し」となるのがふつうだ。

須藤が「埋められた」と思われていたのには、もうひとつ理由があった。それは須藤の性格だった。

一見色白で、体格も発達しているとはいい難いのだが、キレるととことん相手を痛めつけるまで止まらず、傷害致死の前歴もある。

やくざは、職業として暴力を行使するだけに、相手の被害を計算する。全治一、二週間ならば、軽い怪我を負わせるのが目的で、殺意があったと裁判で認定されない方法を用いる。被害者が「殺されるかもしれない」と感じない範囲で、暴力の行使をとどめる。

そのあたりの計算は巧みで、狙った量刑で落ちつくのはほぼまちがいない。死刑や無期懲役といった判決が下されない限り、控訴もせず、さっさと刑に服する。「早く入って、早く出る」というのが、暴力団員の服役に対する考え方だ。

だが須藤には、その計算ができないところがあった。軽く痛めつける予定が、半死半生になるまでやってしまう。傷害致死の前歴も、見習いで修業中だったチンピラを、「礼儀を教えておけ」と命じられ、軽く痛めつける予定の筈が、途中で止まらなくなり、結果として内臓破裂で死亡させていた。

またキレるのに前兆がない、といわれていて、直前までにやにやと笑っていたのが、いきなり、竹刀がばらばらに砕けるまで殴りつけたという話もある。

ふだんから威嚇的で粗暴さを売りにしているのではなく、豹変すると手がつけられない。しかもその暴力が向かうのは目下の者に限られていて、結果、組うちでもあまり好かれず、孤立しているという。

それだけに、半年近く姿を見なかったことで、〝消された〟という噂を鮫島も半ば信じる気になっていた。

須藤が所属しているのは、滝口組という、管内でも大所帯の組だ。

鮫島は、歌舞伎町二丁目の雑居ビルに向かう途中だった。テナントの大半が中国人スナックだったのが、この二、三年で大きくかわったビルだ。

新宿から中国人が姿を消しつつある。警察や入国管理局の取締を嫌ったのだ。日本から姿を消したのではない。池袋や六本木といった他の盛り場や東京以外の都市へと移動したに過ぎない。

雑居ビルは、中国人スナックに占拠された時点で、テナントオーナーが日本人から中国人に移っていた。中国人スナックが退去しても、オーナーは中国人のままだ。不動産投資は、中国人犯罪組織にとっても、安易なマネーロンダリングであり、そのためにはテナントは中国人より日本人のほうが歓迎される。家賃の支払やビルの使用規則に几帳面だからだ。

大家が中国人でありながら、店子には日本人を優先的に求めるというビルが、新宿には多かった。

目ざす雑居ビルの地下は、数年前まで中国マッサージ店だった。現在は「ガールズバー」と呼ばれる、酒場の一種が入っている。「ガールズバー」は、警視庁による風俗営業へのひきしめがその生態を生んだ、独特の酒場だ。

ホステスやホストが客の隣席で、酒を作ったり会話の相手をする、スナックやクラブといった業種は、風営法により午前一時までに閉店しなければならない。が、実態は、客がいれば営業をつづける他なく、午前二時、三時はあたりまえというのが、新宿に限らず他の盛り場でも通っていた。

警視庁がそれを厳しく取締る方針をとりだしたのが、この二年だった。違反した店舗には、営業停止が命じられる。一ヵ月以上の営業停止をくらえば、多くのホステスを抱える店舗はひとたまりもない。ひとりひとり、売り上げが給料に直結するホステスは、営業停止中の店に勤めても一文にもならず辞めていく。思いとどまらせるには、営業停止期間中も給料を払うしかないが、そんな余裕のあるスナックやクラブは皆無に等しい。

その結果、スナックやクラブ、キャバクラ、ホストクラブなどの大半は、午前一時で営業を終了するようになった。もっと飲ませろ、という客がいてもひたすら頭を下げ、退店させる。中には、営業停止をくらった時点で廃業覚悟の特攻的な店舗もあったが、密告などで、数は減っていた。

「ガールズバー」というのは、カウンターを隔てて接客する、女性バーテンダーを数抱えた酒場のことだった。

風営法によれば、隣席での接客は禁じられているものの、給仕やカウンターバーにおける飲食物提供を禁じてはいない。

カウンターバーというと、蝶タイをしめた男性バーテンダーがカクテルを作っている図が一般的だが、これを若い女性にそっくり入れかえてしまう、という発想のもとに生まれたのが「ガールズバー」だった。

特にシェーカーを振れるわけではない。中身はホステスなのだが、カウンターを隔てているというだけで、風営法にはひっかからないのだ。

午前一時を境に、ホステスのいるスナック、クラブから、「ガールズバー」へと女好きの酔客の足は流れる。

結局は、いたちごっこなのだ。法を盾にいかに取締ろうと、その間隙を狙って稼ぎをもくろむのは、カタギも犯罪者もかわらない。

鮫島にしてみれば、時間での線引きで取締るのは馬鹿げているし、取締情報の漏洩といった汚職の原因にすらなっているのが、今回のひきしめだった。

不況も手伝い、深夜になると街から人が消える。人がいなければ、盛り場の魅力は半減するし、飲食店やタクシー業界を逼迫させる。暴力団も当然、シノギが苦しくなり、それはさらに凶悪な犯罪へと追いやる傾向を生む。

「ガールズバー・トニー」は、呂という中国人がオーナーの地下店舗に指定暴力団稜知会のフロント業者がオープンした店だった。

暴対法の浸透によって、飲食店経営が暴力団のシノギからフロント企業へと移り、それがかえって成功していた。

やくざによる経営は、しょせん「士族の商法」だが、フロント企業は組のメンツがかかっていないぶん、商売に徹せる強みがある。使えない従業員を、組の紹介だからといって無理におく必要もなく、外向きには腰の低い、愛想のよい人間だけをそろえておける。

特に稜知会のフロント企業は、商売のうまいことで知られていた。

だが鮫島が「ガールズバー・トニー」に向かっているのは、稜知会がフロントに経営させていることとは関係なかった。

故買屋(こばいや)の営業に使われているという情報があったのだ。

故買屋は、貴金属や有価証券などの盗品を専門に買いとる商売で、存在自体が違法である。かつては盗品の貴金属は質屋などにもちこまれることが多く、警察が定期的にだす「品触(しなぶ)れ」と呼ばれる盗難品情報が犯人の摘発につながった。だからプロの窃盗犯は現金にしか手をつけないものだった。

インターネットと外国人犯罪組織の出現がそれをかえた。盗品の貴金属やブランド商品は質屋を通さなくともインターネットで売却できるし、海外にもちだしての換金もたやすくなった。その結果、バッグや腕時計、宝石類といった「アシのつきやすい」品を専門に狙う窃盗犯や強盗犯が増え、彼らを対象にした故買屋も同様に増えつつある。

こうした故買屋は組織暴力とは一定の距離をおいていることが多い。暴力団には暴力団による、盗品や強奪品の換金ルートがある。

プロの窃盗犯は、暴力団とのかかわりを避けるのがふつうだ。窃盗犯であるという弱みを暴力団に握られれば、組の仕事に安く駆りだされたり、盗品のピンハネをされる可能性があるからだ。

「ガールズバー・トニー」の経営者、梶井は指定暴力団稜知会のフロントだが、上がりが大きいのでかなりのわがままを大目に見られているという話だった。それが、開店前の昼間の店舗を故買屋に提供する小遣い稼ぎまで始めた。

きっかけは店にキャバクラ嬢あがりの女バーテンダーを斡旋していたスカウトマンの逮捕だった。スカウト行為を禁じた条例違反でつかまり、所持品を調べたところ盗難届のでている腕時計をはめていたのだ。

スカウトマンの供述から、「ガールズバー・トニー」が昼間、故買屋の取引に使われているのを知った鮫島は内偵を始めた。

「ガールズバー・トニー」に故買屋がやってくるのは、午前九時から十時のあいだと、歌舞伎町にとって〝早朝〟にあたる時間帯だ。

故買屋は預かっている店の鍵を使って店内に入る。

携帯電話に〝客〟からの連絡が入ると、他の〝客〟とかちあわない時間を指定する。〝客〟は品物をもって店を訪ねる。故買屋は鑑定し、現金で品物を買いとる。取引は十分から十五分で終了し、故買屋は正午で営業を終える。実質、二、三時間の商売である。

須藤のかたわらを鮫島は歩きすぎた。鮫島の姿には気づかなかったのか、須藤は無言だった。

管内のやくざの中には、所轄署の刑事に気づくと、ことさらに大声で、

「ご苦労さんです」

と挨拶する者がいる。これは周囲のチンピラなどに、こいつはデコスケだと知らせる目的がある。須藤は特にそれが顕著で、必要以上の大声で挨拶をしてくる。むろんある種の厭味なのだが、それを注意するわけにもいかない。

挨拶をされなかったのをむしろほっとしながら、鮫島は「ガールズバー・トニー」の向かいの雑居ビルの入口をくぐった。そのビルには外つきの非常階段があり、三階と四階のあいだの踊り場から、向かいのビルに出入りする者を監視できるのだ。

踊り場に立った鮫島はデジタルカメラをとりだした。小型だが性能のよい望遠レンズがついている。

一時間のあいだに、出入りする二名を撮影した。いずれも取引の経験者らしく、迷うことなく、開店前のバーへとつづく階段を降りていく。

十一時を回ると、客足が途絶えた。今日の営業はこれで終わりだろうか、と思い始めたとき、二人の男が向かいのビルの前に立った。

ふたりとも鮫島が顔を知っている男たちだった。須藤と同じ、滝口組の構成員だ。

鮫島は緊張した。滝口組と稜知会は対立関係にある。「ガールズバー・トニー」が故買屋の取引に使われていることを知り、嫌がらせをしかけにきたのかもしれない。

ふたりは「ガールズバー・トニー」へとつづく階段の前に立ち、小声で話をしている。ひとりは竹岡という組員で、ジュラルミンのアタッシェケースを手にしている。もうひとりの組員・秋田が携帯電話をとりだし、あたりを見回した。鮫島は腰をかがめた。

「えーと、今、いわれたところにいるんだが……」

秋田が電話に告げるのが聞こえた。

「何？　この階段降りるのか。『トニー』？　ああ、わかった、わかった」

鮫島は下をのぞいた。二人が階段を降りていった。

取引なのか、それとも取引を装って故買屋を締め上げにきたのか。

取引を装ったなら、稜知会のフロントの店に踏みこんだことになり、いくら組には秘密の小遣い稼ぎで店舗提供をしていたとはいえ、結果としては組どうしの抗争に発展しかねない。

今日それをやるとすれば、二人だけということはない筈だ。さっきの須藤もそのために待機していたのか。もし須藤がからんでくれば、場合によっては流血の事態になる。

おそらくは下見だろう、と鮫島は思った。滝口組は、故買屋への店舗提供を、稜知会がらみのシノギと疑い、ようすを探りにきたのだ。竹岡と秋田は、客のフリをして、品物をもちこんだのではないか。

だが滝口組の組員が他にも何人も現われるようなら、カチこみの可能性がある。その場合はただちに応援を要請したほうがよい。

鮫島は踊り場からあたりを見おろした。須藤を見かけた場所は、ここからは見えない。が、あたりに滝口組の組員が結集している気配はなかった。

下見だとしても、いざというときに備えて二、三名はバックアップを待機させていてもよさそうなものだ。

「ガールズバー・トニー」の階段を、二人があがってきた。

「叩きやがって」

秋田が吐きだすのが聞こえた。

「しょうがねえよ」

竹岡が答えた。その手からアタッシェケースが消えていた。

「くそがっ」

秋田が道ばたの捨て看板を蹴った。鮫島は息を吸いこんだ。妙だった。二人は品物を売却にきたようだ。

だが滝口組の人間が、稜知会の息のかかった場所で商売をしている故買屋と取引するのは珍しい。

二人が立ち去った三十分後、階段を故買屋があがってきた。水色の作業服の上下を着けた初老の男だ。ビル管理人とまぎらわしいいでたちだった。その手には、格好に似つかわしくない、ジュラルミンのアタッシェケースがあった。

鮫島は非常階段を降りた。足音に、男は驚いたように足を止めた。

「ちょっとよろしいですか」

身分証を提示して告げた。六十代の半ばくらいか。スーツを着ていれば、どこかの会社役員でも通りそうな品のいい顔つきをしている。その顔に浮かんだ警戒の表情が、一瞬後あきらめにかわった。

アタッシェケースの中に、大量の指輪、ネックレスが入っていた。鮫島は、署への同行を求めた。男は抵抗しなかった。

故買屋は、大手宝飾店を定年退職した、佐々木(ささき)という男だった。犯歴はなく、故買屋を始めたきっかけは、梶井の勧めだった。梶井は、佐々木がひきとった品を、インターネットや知り合いの中国人を通じて売りさばいていた。

佐々木がもっていたアタッシェケースの宝石類は、半年前に埼玉県大宮の宝石店から強奪された品だった。深夜、店のシャッターに盗難車をつっこんで破壊し、短時間でショウケースにあった商品を奪ったのだ。

もちこんだのは、竹岡と秋田で、二人が佐々木と取引するのは、これが初めてだった。


竹岡と秋田は、鮫島が見かけた日から、組を出奔していた。それはつまり、大宮で起きた宝石強奪が、滝口組の仕事ではなかったことを意味していた。滝口組が、中国人などを使ってやらせたのなら、盗品は滝口組関連の故買屋にもちこまれた筈なのだ。

鮫島は二人と近かった組員を、滝口組本部の前でつかまえた。

組員は池といった。池は、鮫島に気づいても逃げるそぶりを見せず、いった。

「絶縁すよ、絶縁」

「竹岡と秋田か」

「うちを張っても、きやしません。あんなことが発覚して、組にいられるわけないでしょうが。しかも売ったのが稜知だっていうじゃないすか。指でもすまねえって話ですよ」

「組のシノギでやったのじゃなけりゃ、なぜそんなことをした」

「そんなの俺に訊かれてもわかんないですよ。キツいのは、誰でもいっしょっすから」

「飛んだのは二人だけか」

池の表情が動いた。

「鮫島さんがその二人を見たから、こんな騒ぎになったんじゃないですか」

「そういえば、この前久しぶりに須藤を見かけた」

「へー、そうですか。珍しいっすね」

池はいった。

「なぜ珍しい」

「須藤さんはこの半年、本部に顔をだしてませんよ」

「半年？」

「いずれ破門て話もあるみたいっすよ。ケツ割ったみたいだから」

ケツを割ったというのは、上納金が払いきれず、行方(ゆくえ)をくらましたのを意味している。

「埋められたって噂もあったな」

池は鼻で笑った。

「あの人埋めたってしょうがない。一文にもならない。いいすか、もういって――」

「あとひとつ、聞かせてくれ。須藤と竹岡、秋田の仲はどうだった？」

「須藤さんにいつもシメられてました。本人たちはどう思ってたか知りませんが、須藤さんは手前(てめえ)の使い走りと思ってたのじゃないですか」


「須藤」

鮫島は呼び止めた。ＪＲ新宿駅の東口の雑踏の中だった。佐々木を逮捕してから一ヵ月がたっていた。竹岡と秋田は姿をくらましたままだ。

須藤は黒革のジャンパーを着ていた。下は白の上下で、料理人のようないでたちだ。

須藤は鮫島に目を向け、小さく会釈した。無表情だった。その頭上に時計があった。午前十一時を回った時刻だ。

「ひと月前も、あんたを見かけた。十時ごろだ。最近は早起きなんだな」

須藤はもう一度頭を下げ、いった。

「すみません、どちら様でしょうか」

「忘れたか」

「少し前に事故にあっちまって。記憶がとんでるんです」

「事故？　またバイクか」

「そりゃガキの頃の話でしょうが」

「それは覚えてるんだ」

鮫島はいって、あたりを見回した。

「ちょっと話さないか。あんたの下にいた連中のことを聞きたい」

須藤は瞬きした。

「お名前を」

「新宿署の鮫島だ」

須藤はわずかに息を吸いこんだ。

「刑事さん、ですか」

「ああ」

鮫島は目で新宿通り沿いのコーヒーショップを示した。須藤は無言でついてきた。

信号で立ち止まった。歩きだしてすぐ、須藤の変化に気づいた。足をひきずっていない。

一ヵ月前に見かけたとき、区役所通りでは左足をひきずっていた。

コーヒーショップで向かいあうと鮫島はいった。

「足はもういいのか」

「アシ？」

「左足が悪かったろう」

須藤は顔をしかめた。

「日によって痛いときと痛くないときがあるんです」

「今日は痛くないってことか」

須藤は頷いた。

「竹岡に会ってるか」

鮫島は訊ねた。

「竹岡さん……」

須藤はつぶやいた。

「聞いたことがある名前だ」

「秋田はどうだ？」

須藤は小さく何度も頷いた。

「それも覚えがある」

鮫島は間をおいた。そしていった。

「あんた、何者だ？」

須藤は顔を上げ、鮫島を正面から見た。その目は、鮫島の知っている須藤の狂気はみじんもはらんでいない。ごくまっとうな、カタギの目だった。

「本当の刑事さんですか」

鮫島は身分証を見せた。

「新宿署、生活安全課……、警部さんなんですね」

それを見つめ、須藤はつぶやいた。

「俺がいったときは相手にしてくれなかった、組対課ってところでしたけど」

「組対課に何をいったんだ？」

「弟を捜してほしいって。俺は須藤錠治の双子の兄で錠一といいます」

鮫島はまじまじと須藤を見た。

「双子」

「ええ。弟はどうしようもない半端者ですけど、癌になったお袋がひと目会いたいっていってるんです」

「あんたの仕事は？」

「板前です」

須藤は革ジャンの前をめくった。白い上っぱりに「鮨兼」という縫いとりが入っている。

「どこの店で働いている？」

「今は池袋です。その前は、地元の大宮で修業していました」

「大宮の出身か」

須藤は頷いた。

「高校を中退してから、弟は地元には寄りつきませんでしたけど、筋者になったのは知ってました。昔からキレると無茶をする奴で」

「組対課を訪ねたのは、弟さんの消息を知るためですか」

鮫島は言葉を改めた。

「はい。携帯もつながらなくなっちまったし、俺は、何となく生きてねえんじゃないかって思ってるんです。双子の勘、って奴ですか。警察にいってみたけど、けんもほろろで、そりゃそうですよね。いちいち極道の生き死になんざかまっちゃいられないだろうし。でも、今のところ、弟らしい死体は見つかってないとはいわれました。でも、とりあえずお袋は納得させなきゃならない。それで、髪を剃って、弟みたいな格好していったんですが、さすが親はわかるようで、逆に泣かれちまいました。お前まで極道になる気かって」

「新宿へは弟さんを捜しに？」

「ちょっと思いついたんです。お袋にはバレるけど、他人にはきっと、こんな頭してたら弟との区別がつかないだろうって。だからうろついてたら、誰かが何か教えてくれるかもしれない。そうしたらもう一度、警察にいこうって」

「いつ頃から歩き回っていたのです？」

「もうひと月ちょっと、ですか。店の仕込みの前なんで、どうしても午前中しかこられなくて。さっき刑事さんに『早起きだ』っていわれて気がつきました。朝っぱらからうろつく極道なんていませんよね」

須藤はいって苦笑した。

「しかしそっくりだ。須藤に双子の兄弟がいると知らなけりゃ、誰でもまちがえるでしょう。歩き方もそれで真似をしたのですか」

「いや。ひと月前にちょうど板場でつまんねえ怪我をしましてね。あのときは本当に左足が痛かったんです。今は治りました」

「それで、あなたに実際、声をかけてきた人間はいましたか」

須藤は首をふった。

「どうやら弟はよほど嫌われていたか、恐(こわ)がられていたみたいで、俺の姿を見ると目を合わさないようにして逃げだす人しかいませんでした」

「確かに恐がられてはいたようです。ただ、この半年以上、組の事務所にも顔をだしていない、と聞きました」

「やっぱりな」

つぶやき、須藤は目を閉じた。

「あいつがあんな風になっちまったのは、俺にも責任があるんです。俺はガキの頃から割に器用で、周りからもかわいがられたんですが、あいつはぶきっちょで、いつも比べられちゃヘコんでました。それで何かしら目立とうと思ったんでしょう。無免でバイクを乗り回すようになって、あげくに事故って足を悪くした。それからは一直線でグレちまいました。本当は気が小さくて、キレると凶暴だってのも、結局相手が向かってくるのが恐いからなんです。俺本人は、刑務所に入った時点で縁を切ったつもりでした。お袋が病気になったのが――」

いいかけ、言葉を呑みこんだ。鮫島は思いつき、訊ねた。

「実家は大宮だといわれましたが、半年ちょっと前に、宝石店が襲われた事件をご存知ですか」

須藤は頷いた。

「すぐ近くの商店街です。学校いくときは前を通っていました」

それで見えた、と鮫島は思った。逃げている竹岡と秋田は、いずれも大宮に土地勘はない。

「お気の毒ですが、弟さんは何らかの事件にかかわって姿をくらましている可能性が高いと思います」

「あの宝石屋ですか」

「かもしれません」

「でも極道があんなことやっていいんですか？」

「組に知られたら、破門あるいは絶縁でしょう。しかし上納を払えずに、最近は外国人などと組んで強盗や窃盗を働くやくざ者も多いんです。土地勘がある日本人と荒っぽい仕事を平気でやる外国人がチームを作る」

「じゃあ弟は中国人とかとつるんで？」

「に、見せかける手もあります。あの宝石店で奪われた品を故買屋にもちこんだやくざが二名、手配されています。それがさっき私が名前をいった竹岡と秋田で、弟さんに子分のような扱いをされていた」

「宝石屋が襲われた頃から弟は行方がわからない……」

「ええ」

須藤は息を吐いた。

「なんでそんな馬鹿な真似しやがったのか。いや、そうじゃないですね。馬鹿だから、ああいうことしかできないんだ」

「いずれにしても、弟さんの真似をして街をうろつくのはもうやめたほうがいい。好かれていないだけじゃなく、恨んだり、貸しがあると思っている人間に襲われるかもしれない」

鮫島はいった。

「わかりました。ありがとうございます。踏んぎりがつきました。明日、お袋のところにいって、弟はもういないって話してきます」

須藤はいって立ちあがった。伝票に手をのばすのを鮫島は押しとどめた。

「大丈夫です。私から声をかけたのですから」

「すいません。ごちそうさまでした」

頭を何度も下げ、須藤はコーヒーショップをでていった。外見はそっくりだが、中身はまるで異なる双子だ。

コーヒー代を払っていると、外の路上で騒ぎがおこった。交錯する怒声と悲鳴に、鮫島は表を見た。

須藤がわき腹をおさえ、歩道の中央で立ちすくんでいた。ナイフをかまえた男がその正面で叫んでいる。

　鮫島は店をとびだした。

「手前（てめえ）、いい加減、往生しやがれっ」

　ナイフをもった男が怒鳴った。秋田だった。

「このくたばりぞこないがっ」

　鮫島は腰のケースから特殊警棒を引き抜いた。ひと振りでのばすと、背後から秋田の手首に叩きつけた。

　ガツッという音とともにナイフが落ち、秋田は呻（うめ）き声をたてた。ふり返り、鮫島に気づくと目をみひらいた。

「鮫……」

「刺したのかっ」

　須藤のわき腹から血がにじみだしていた。

「この野郎は死んだ筈なんだ。俺らで秩父（ちちぶ）の山ん中に埋めたのだからよ。なのに生きかえってきやがって――」

　秋田の目は吊り上がっていた。

「馬鹿野郎、この人は須藤の兄さんだ」

秋田は息を呑んだ。くるっと向きをかえ走りだそうとするのを、襟(えり)をつかみ足を払った。地面に押し倒し、うしろ手に手錠をかませる。

ピーッという呼び子の音が聞こえた。制服警官が血相をかえ走ってくる姿が見えた。

「須藤さん、大丈夫かっ」

秋田の背に馬乗りになり、鮫島は声をかけた。

「だ、大丈夫です。ジャンパーごしだったんで……」

答えてから、須藤はその場にすわりこんだ。

鮫島は秋田の耳もとに口を寄せた。

「お前と竹岡、それに須藤で、大宮の宝石店をやったな」

秋田は荒い息を吐いている。

「そのあと、須藤を殺した、そういうことか」

「そうだよ。あの野郎が兄貴風吹かせやがって、ブツをガメようとしやがったから文句いったら、殺してやるってとびかかってきて、だから俺ら二人で殺(や)った。そんで山ん中埋めたのに、なんでうろうろしてやがると思って――」

「だから『トニー』でブツを処分して飛ぼうとしたわけか」

「しょうがねえだろう。ブツの処分は、須藤の兄貴がすることになってたんだから。竹岡がびびったんだ。幽霊だって。兄貴が化けてでてきたんだって」

鮫島は須藤をふりむいた。やりとりは聞こえていた。須藤は悲しげな目で、鮫島を見返した。

制服警官が救急車の出動を要請する声が聞こえた。

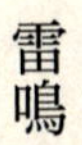

雷鳴

ひどい雷の晩でした。空がいつもより早く暗くなったと思ったら、ぴかっと光って、ごろごろと音をたて、やがて肌にあたると痛いような勢いで雨が降りだしました。エアコンをつけていても、空気は水を絞れそうなほど湿っていましたし、電気をためこんでいるような、びりびりとした嫌な気配が漂っていました。

私ですか？

今はけちな酒場のオヤジです。昔は——。

昔のことはいいでしょう。これからする話を聞いていただければ、お察しになれると思います。

その夜も、私はバーのカウンターの中に立っていました。ここじゃありません。新宿のすみっこにある、小さな店で、ひと晩だけ、バーテンダーをかわったんです。

七時過ぎでしたか。雷はひっきりなしに鳴っていて、たてつけの悪い扉のすきまがそのたびに白く光りました。頭の上の換気扇からは、ざあざあという雨の音が聞こえてきます。営業中の札はだしてありませんでした。場所も場所ですし、とびこみで入ってくるような客はいない、そう思っていたんです。

扉が不意に開いて、男が入ってきました。よろめくような足どりで、全身、濡れねずみでした。ネクタイのないスーツ姿でしたが、元の色がわからないほど水を吸っていました。

男はまっすぐにカウンターのまん中までやってきて腰をおろし、大きなため息をつきました。男のすわった椅子の下には、見る見る水たまりができていきます。

「ウイスキーのお湯割りをくれ」

私のことは見ずにいって、男は腕時計をのぞきこみました。舌打ちをして、

「まだ三十分以上もある」

とつぶやきました。

開店したばかりですし、季節も季節でしたから、お湯などわかしていません。私は小鍋に水道の水を注ぎ、ガス台にかけました。

ミックスナッツの缶から、中身を小皿にとり、おしぼりといっしょに男の前におきました。

男は上着のポケットから煙草と使い捨てのライターをとりだしましたが、ひと目見て、

煙草の箱を握りつぶしました。

「煙草、あるか」

私は棚から、男がもっていたのと同じ銘柄の新しい箱を見つけ、カウンターにおきました。

おしぼりも使わず、男は煙草の封を切ります。

「飲み代といっしょにつけといてくれ」

新しい煙草を一本くわえ、ライターを手にしました。でもライターのヤスリも湿ってしまっていて、何度こすっても火はつきません。

私は自分のライターをとりだし、カウンターごしに火をさしだしました。

男はびっくりしたように私を見ました。

「すまねえ」

「いえ。よかったらどうぞ」

私のも煙草屋でもらった使い捨てのライターでした。

「悪いな」

男の顔はひどく青ざめていて、暗い店の中ではやけに白っぽく見えました。無精ヒゲがのび、目の下には大きな隈があって、何日も寝ていないようすでした。ずぶ濡れでなければ、風呂に入っていない臭いがしたかもしれません。

煙を大きく吸い、またため息とともに吐きました。お湯がわいたので、私はウイスキーをグラスにたらし、鍋をつかみあげました。

「かわっちまったな、ここら辺も」

男がいいました。

「そうですか」

「ああ、かわっちまった。俺がガキの頃は、もっと賑やかだった。女が立ってる店もたくさんあったし、人がやたらとうろついていたもんだ」

湯気の立つグラスを男の前におきました。

「どうぞ。熱いから気をつけて」

男は口だけをグラスに寄せ、ずずっと音をたてて、お湯割りをすすりました。ほっとしたように目を閉じ、それがあまりに長いので、そのまま眠ってしまったのかと思ったくらいです。

「うめえ……」

やがて男はつぶやきました。

私はせっかくわかしたお湯の残りで、インスタントコーヒーをいれ、飲むことにしました。まだ夜は始まったばかりで、今から酔っているわけにはいきませんでしたから。

「俺はよ、こっから歩いて十分くらいの中学に通っていたんだ」

訊かれもしないのに、男は話し始めました。

「ガキの頃から無鉄砲だっていわれて、そいつをおだて文句に聞いちまったんだな。本当は、本当は、気が小ちゃくて、そいつを周りに気づかれるのが恐かっただけなのに……」

「そうなんですか」

私は薄いインスタントコーヒーをすすって答えました。

「ああ。場所も場所だったし、ひとわたり悪さをやって、高校も中途で放りだされ、先輩のヒキで、小せえ組の盃をもらうとこまではあっという間だった」

男はいって、顔をあげました。私がどんな表情をしているのか、うかがう目でした。私があまり恐がっていないので、少し拍子抜けしたようでした。

「この辺で店を張っていりゃ、別に驚くこともねえか。いっぱい、くるんだろ」

「まあ、それなりに」

男は頷き、グラスを唇にあてました。最初のひと口こそ、すする程度だったのですが、喉が渇いていたのか、それからはあっという間に中身が減っていきました。

「お代わりは？」

訊ねると、男は腕時計をのぞき、

「もう一杯くらいならいいか」

とつぶやきました。私は濃い目のお湯割りを作って、男の前におきました。

「でもな、小せえ組ってのは惨めだな。もともとこれ一本ってシノギがあったわけでもない。景気が悪くなりゃじり貧で、弱りゃ、やりやすいってんで、サツも目をつけてくる。柱になってた頭がもっていかれたら、組長がまっ先にケツを割っちまいやがって、廃業届さ」

「潰れちゃったんですか」

「ああ。組はあっという間にばらばらだ。兄貴が引かれたんで、俺はそれにくっついて関西に流れる羽目になっちまった。女とガキがいたんだが、足洗ってくれって泣きつかれた。だけど中途半端は嫌だ。それに、悪い性分がでちまった。西と聞いて、ケツを割ったなんて思われたくないってな」

「それからは向こうに?」

「――三年ほどな。キツかったよ。ただでさえ外様なんだ。十七、八のガキに混じって、修業のやりなおしみたいなこと、やらされた。やっとこ、下手な関西弁も板についてきて、小遣い稼ぎくらいはできるようになったんだがな……」

男の声は低くなりました。カウンターの端っこを、暗い目で見つめています。そこから先はいえない事情があるのでしょう。

そのときでした。店の扉が開きました。男はびっくりしたようにふり返り、右手を上着の中につっこみました。ビニールの傘をさした、背の高い男がひとり、入口に立っていました。

「いいかな？」

新しくやってきた男は、私をまっすぐに見て訊ねました。私はとっさに言葉がでませんでした。まさかこんな日に、別の客がやってくるなんて、思いもよらなかったんです。

「よくねえな。今日は貸し切りなんだ」

カウンターにいた男がいいました。筋者の口調でした。でも、新しくきた客は、恐がるようすを見せません。

「そう、尖らないでくれ。この雨だ。雨宿りの一杯くらいはいいだろう」

「何だと、この野郎」

カウンターの男が、新しくきた客の方をふり返りました。とたんに息を呑みました。

新しくきた客は、静かに入口に立っていました。今どきにしては長髪で、特にえり足のあたりが、シャツにかぶさるほどのびていました。閉じかけた傘を手に、無言でカウンターの男を見返しました。

「な、なんで……」

呻くように男がいいました。

「雨宿りにきただけだ」

新しい客は答えて、傘立てを捜しました。私もそのとき気づいたのですが、傘立ては、入口から遠い、店の隅っこにおかれていました。

「床を濡らしちゃ悪いから、ここにおいておく」

新しい客はいって、閉じた扉に傘をたてかけました。

「すみません」

私は頭を下げました。

カウンターの男はひどく緊張していました。両手を太股の上において、拳を握りしめています。

「ジェイムスンの水割りをもらおうか」

新しくきた客は、カウンターに腰をおろすといいました。私はジェイムスンのボトルを捜しました。ようやく見つけると、黙って水割りを、その客の前におきました。

「――誰か、タレこんだのかよ」

ぼそりと、カウンターの男がいいました。

「何の話だ？」

ジェイムスンの水割りを手にした客が訊き返しました。カウンターの男は、上目づかいに私をにらみました。

「ここは鮫がくんのか。くんの知ってて、黙ってたのか」

「鮫？」

私は訊き返しました。何をいっているのかわからなかったのです。

「この野郎だよ。新宿署の鮫島だ。さっきいった、うちの昔の頭を咬みやがったのも、この野郎だ！」

それでようやくわかりました。新しくきた客は刑事で、鮫島という名前だったのです。

「その頭だが、半年前にでてきたぞ。今は大久保(おおくぼ)の韓国料理屋で働いてる」

鮫島がおだやかな口調でいいました。

「お前のことを心配していた。関西でキツい思いをしてたのじゃないかと」

「ケツ割って、足を洗った野郎にいわれる筋合いはねえよ」

男は強がった口調でいいました。

「そうか。じゃあ、なんで東京にいる？」

鮫島が訊ねました。男の体がこわばりました。

鮫島は、私をちらりと見て、左手で水割りのグラスをつかみました。

「西にいくとき、失くすもんは何もないって啖呵をきっていったそうだな」

男は無言でした。顔がひきつり、今にも張りつめていたものが、ぷつりと切れそうでした。

「失くすものが何もない奴が、どたん場で風をくらうか？」

男はきっと鮫島をふり返りました。

「何の話だ!?」

「噂だ。西で内輪モメがあった。どっちも直参じゃないから、シノギに関しちゃ、苦しいところを張ってる。内輪のケンカは法度だが、おさまりのつかない片方が、鉄砲玉を飛ばした。もともと組うちにいた人間は使えない。その場限りの使い捨ての鉄砲玉だ。たまたま東京から流れてきたくすぶりにその役目が回った。誰から見ても貧乏クジだ。よくて長六四、悪くて消される。だが、三年面倒をみてもらったくすぶりは、面と向かっちゃ断われない。そこでチャカを預かって乗りこんだ。ところが故意か、偶然か、的を外した。撃たれたのは、組長のボディガードで、それも腕をかすっただけだった。本当なら、二の矢を放つところだが、鉄砲玉は、その場を逃げた。的は外したが、とりあえずは弾いてみせた。だから何とかなると思ったのかもしれん。それとも稼業に嫌けがさして、今度こそ足を洗うチャンスだと思ったか。もしそうなら、ぐずぐずしてないで、自首するべきだがな」

聞いているうちに男の呼吸は荒々しくなっていき、しまいには肩で息をしているありさまでした。

「それとも、まだ迷っているのか。西に舞い戻って、やりかけの仕事をし終えるべきか、と。そいつを決めかねて、生まれ故郷の新宿に一度戻ってきた」

「どうせパクリにきたのだろ」

男は吐きだしました。それには答えず、鮫島は訊ねました。

「どうだ、久しぶりに帰ってきてみて。失くしたと思っていたものが、まだあったのじゃないのか」

「知るか、そんなこと」

「お前は捨てたつもりでも、向こうがお前を覚えているってことがある。噂を聞いた、昔の頭が、俺に電話をよこした。お人好しの鉄砲玉が無事、自首できるようにしてやってくれ、と」

「無事?」

男は怪訝(けげん)そうに鮫島を見ました。

「西じゃ、本部の命令で手打ちの準備が始まっているそうだ。問題は仕事をしくじった鉄砲玉で、飛ばした方も穏便にすませたい。一番いいのは、そいつが行方(ゆくえ)知れずになることだ」

男はぽかんと聞いていました。

「電話をしたのだろ、組に。新宿に戻っているといったら、迎えをやるといわれたのじゃないか。あちこち動き回らず、指定した店で、迎えの人間がくるのを待っていろ、と」

男の表情は、鮫島の言葉が当たっていると語っていました。

「使い捨ては、使い捨てだ。成功しようが失敗しようが、どのみち用はない。どうする？　埋められるか？　それとも、ないと思っていたが実はあった、失くすものを大事にしてみるか？」

「う、嘘(うそ)だ。組が俺を見捨てる筈(はず)がねえ」

「捨てるも何も、もともとお前は数に入ってなかった。でなけりゃ、内輪モメの鉄砲玉なんかに駆りだされるか」

「馬鹿にしてんのか！　手前(てめえ)」

男は叫びました。そして濡(ぬ)れた上着の内側で何かを握りしめました。

「お前を馬鹿にしている人間がいるとしたら、ここじゃなくて、西にいる誰かだろう。お前にチャカを預け、ついこのあいだまで頭を下げていた相手を弾いてこいと命じた奴じゃないか」

男はみひらいた目で鮫島をにらみつけていましたが、やがて吐きだしました。

「なんでだよ、なんでそんなお節介すんだ。パクりゃいいじゃねえか」

「ここから、お前が馴染みの交番までは目と鼻だ。自分の足で歩いていった方が、裁判官の心証もいい」

「俺をここでパクりゃ、点数になるだろうが」

鮫島は答えませんでした。鮫島が黙っていると、男も黙りこみました。

重苦しい時間が流れました。その間、雷の音だけが、ごろごろと聞こえていました。

やがて、男がつぶやきました。

「ケツを割りたくねえ」

「俺に連絡をよこした人間の話じゃ、足を洗う方が、シノギをつづけるより、よほどキツいそうだ」

「自首したって、足を洗うとは限んねえぜ」

「そうだな。だが、殺されるよりはマシだ。もっとも、この先お前が誰かを殺すようなら、ここで殺されちまった方がマシ、という理屈もある」

鮫島はいって、私をちらりと見ました。

男は首を傾げました。自分は殺されないといい返したかったのでしょうが、そういい切れるだけの自信はないようでした。

私はじっとりと汗をかいていました。男は激しく瞬きをくり返しています。

「いけよ」

鮫島がいいました。がたっという音をたて、男は立ちあがりました。

「借りにはしねえぞ」

吠えるようにいいました。

「やくざ者と貸し借りを作ったことはない」鮫島は冷静でした。

男はそれを聞くと、ぐっと奥歯をかみしめました。そして扉を破るような勢いで、店をとびだしていきました。扉が開いて閉まる一瞬、まっ白い雨の中を、男のうしろ姿が駆けていくのが見えました。

私はほっと息を吐きました。

「忘れたな」

鮫島がいいました。

「でも、あのお客さんが待ちあわせをしていたのなら、その相手の方に払ってもらいます」

私は鮫島の目を見返しました。正面から見る鮫島の目は鋭く、決してすごんではいないのですが、こちらの視線をそらさせない迫力に満ちていました。

「そういえば……」

「勘定さ。奴は飲み代を払っていかなかった」

「え？」

「何のことです――」

「奴はこの店を知らなかった。組の人間にいわれて、ここにきたのだろう。いらなくなった鉄砲玉を消すプロが待っているとは思わずに」

鮫島の右手を見ました。さりげなく腰のあたりにおかれています。ずっとグラスを左手でもっていましたが、今も右手は空けてありました。

「そうなんですか……」

私は背中が冷たくなるのを感じました。

「そうだな。だが、その相手というのは、こないだろう」

私は作り笑いを浮かべました。

「あんたはこの酒場の人間じゃない。雨が降っているのに、傘立てのおいてある場所も知らなかった。頃合いを見て、あいつの口を塞(ふさ)ぐ予定だったのじゃないか」

鮫島の目は私の右手を見ていました。私はそっと、エプロンの下で握っていたアイスピックの柄(え)を離しました。拳銃を用意しておかなくてよかった、と思いました。もしもっていたら、問答無用で、鮫島に逮捕されていたでしょう。

あの男を消すのに失敗したのは確かですが、刑事の目の前で仕事をするとなれば、刑事もいっしょに消す覚悟が必要です。フリーの私は、そこまでのギャラをもらってはいません。

鮫島が財布をとりだしました。そのとき、腰に拳銃を差しているのが見えました。

「二人分、払っておく」

私は首をふりました。

わきの下を、冷たい汗が流れ落ちるのがわかりました。

「鮫島さんのぶんだけ、いただきます。奢(おご)り、というわけにはいかないでしょうから」

鮫島は小さく頷き、千円札を一枚、カウンターにおくと立ちあがりました。扉に向かい、傘を手にしてふり返りました。

「あんたとはもう、会わないだろうな」

言葉とは裏腹に、私の顔を心に刻みつけている目でした。

「覚えておきますよ。新宿には、鮫がいる」

扉を開け、鮫島はでていきました。いつのまにか、雨が小止みになって、雷鳴はどこか遠いところで轟いていました。

鮫島は、あの日、二人の人間の足を、洗わせたのです。

幼な馴染み

正月明け早々、休みがとれたと晶から連絡があった。

「浅草いってみたいんだよね。初詣でって奴」

鮫島は絶句した。元日は過ぎたにせよ、正月の浅草寺、仲見世は、地方からの観光客も多く、人でごったがえす。そんなところに晶が現われたら、どんな騒ぎになるか。最近は一時よりテレビ出演を控えているらしいが、ファンにはひと目でわかるだろう。

晶がボーカルをつとめるバンド、フーズ・ハニイは昨年の秋、新しいアルバムをリリースした。百万にもう少しで届く、という売り上げだったらしい。

「何、黙ってんだよ。あたしといっしょじゃ浅草も歩けないっての」

鮫島の沈黙の理由を悟ったのか、晶は尖った声をだした。

「新宿がまずいっていうから浅草にしたんだ。あたしだってたまには神社仏閣ってところもいきたい」

確かに新宿ほどは、やくざ、チンピラに晶がからまれる可能性は高くない。

「それともどこだろうと、あたしとじゃ嫌なわけ」

「そうじゃない、そうじゃないが……」

「だったら決まりね。そうだ、前に藪(やぶ)さんがあっちの方の出身だっていってたじゃん。藪さんも誘おうよ。おいしいご飯屋さんとか知ってるかも」

二人きりよりはましかもしれない。露骨に〝デート〟という印象ではなくなる。

「だいたいね、考え方が古いんだよ。別にアイドルやってるわけじゃないんだから。男といっしょに歩いてたって、文句いわれる筋合い、ないっての」

晶の勢いに押された。このところ、街なかで会う機会がめっきり減っていて、それに対する不満が晶にはたまっているようだ。

「わかった。藪に訊いてみよう」

しかたなく、鮫島はいった。

「おっしゃ。約束だかんね。ドタキャンしたら殺すよ」

物騒なことをいって、晶は電話を切った。

幸い、藪もその日は非番で、予定がなかった。食事をする場所も、天ぷら、牛鍋屋あたりなら心当たりがあるという。三人は待ち合わせて、浅草寺の仲見世通りに向かった。案の定、人でごったがえし、行列に近い。

晶も少しは考えたらしく、キャップをま深にかぶって、太いマフラーを首に巻きつけ、ひと目では顔がわからないようないでたちだった。藪はさすがに白衣こそ着ていないが、よれよれのコートの下にハイネックのセーターと膝(ひざ)のでたスラックスという格好で、会うなり晶に、

「藪さん、あいかわらずだね、お嫁さん早くもらいなよ。もしあてがないなら、あたしがなってあげようか」

とからかわれた。藪は平然と、

「それいいな。もし晶ちゃんが嫁にきてくれるなら、鑑識なんてつまらん仕事をやめられる」

と答えた。弾道検査では一流の腕をもつ藪だが、〝変人〟ぶりが災いして、本庁や科捜研からの誘いもこない。科捜研は、警視庁におかれた法医や化学の専門集団で、しばしば所属する研究員も藪に知恵を借りにくるほどなのに、だ。

藪本人は、それをまったく苦にしておらず、新宿署の、一鑑識係にすぎない立場をむしろ楽しんでいる風だった。名前のせいで医者になるのをあきらめた、とよくいっているが、たぶん実家が裕福なのだろう。

「鑑識やめて、何になるんだ」

鮫島は訊ねた。

「そうだな。下町の駄菓子屋なんてどうだ」

「あれはおばちゃんがやるもの。おっさんには似合わない」

晶が首をふった。

「じゃ、ヒモか」

鮫島がいうと、晶は目を三角にした。

「冗談じゃないよ。あたしが食べさせてもらうんだもん。ヒモは駄目」

「晶ちゃん、元手をだしてくれよ。渋いオモチャ屋でも始めるから」

「渋いオモチャ屋って何」

「金属製のモデルガンとかラジオキット、精巧なプラモデルとかを集めた、大人向きのオモチャ屋」

「それ、大人のオモチャ屋ってこと？」

晶が吹きだした。鮫島も笑った。

「かなり怪しいな」

「でも藪さんにぴったり、かも」

「あのな」

藪が抗議しかけた、そのとき、人ごみの前方を歩いていた男が大声をあげた。

「もしもし、気をつけなさい！」

あたりの人間が足を止める。声をかけられたのは、晴れ着をまとった若い女の二人組だった。

さっと目の前で人が動いた。女二人を囲むように歩いていた四人の男たちが離れたのだった。四人はあたりの人間をつきとばすようにして、その場から駆けだした。

きょとんとしている女二人に、声をあげた男が歩みよった。白髪頭で、着古したスーツにループタイを締めている。年齢は六十代の半ばだろう。

「スリだよ。あんたのバッグをカッターで切ろうとしておった」

「えっ」

女が驚いてバッグをのぞいた。片手に携帯電話を握りしめている。

「歩きながら携帯なんかいじっとるから狙われるんだ。気をつけなさい」

叱るような厳しい声音(こわね)でいった。女はしょんぼりとなって頭を下げた。

「すみません」

「まったく、ああいう奴らが跋扈(ばっこ)しとるというのに警察は何をやっとるんだ」

腹立たしげに男がいった。晶が笑いをこらえた顔で鮫島を見た。

警官は、仲見世のそこここにいる。人間の交通整理をするために、踏み台に乗り、あちこちに目を配っているのだ。

「お巡りさんを呼びますか」

鮫島は声をかけた。男が向きなおり、おごそかな口調でいった。

「いや、実害はなかったのだからよいでしょう。あれは外国人だな。集団で囲んで悪さを働く」

鮫島は頷(うなず)いた。何もなくてよかった、と思った。凶暴なスリ集団が、韓国から日本に入っている。スリといっても指先を駆使した巧妙な〝芸〟を用いるのではなく、電車の車内や人ごみでとり囲み、バッグなどを切り裂いて中身を奪う、乱暴な犯行だ。発覚すると、隠しもった刃物をふり回したり、催涙スプレーなどを噴霧(ふんむ)して逃亡するのだ。とりおさえにあたった警官にも受傷被害がでている。

万一、スリグループが開きなおったら、この男だけでなく、周囲の人間にも被害が及びかねなかった。

「どうもすみませんでした」

獲物にされかけた女たちがいって後退(あとずさ)りした。この場から早く離れたいようだ。

「うん。気をつけるんだ。あんたらもな」

男は答え、最後の言葉を鮫島や晶に向けて告げた。歩きだし、遠ざかった。

「聞いた、今の。あんたらもっていわれちゃったぜ」

晶が笑いながら、鮫島のわき腹を小突いた。

「プロのもさだったら、確かに俺でもやられるだろう。ベテランの仕事は神業(かみわざ)らしい」

鮫島がいうと、歩き去った男の行方を目で追っていた藪がふり返った。

「減ってるのだろ、そういうのは今——」

「ああ。昔とちがってカードがあるんで、多額の現金をもって歩くのがいなくなったからな」

「もさってスリのこと?」

晶が訊ねた。

「そうだ。電車を専門にやるのがハコ師だ」

「別に現金をもってなくても、クレジットカードやキャッシュカードがあるじゃん。そういうのだって今は金になるんだろ」

「プロのスリってのは、プライドが高い。財布をスって、現金だけを抜き、場合によっちゃ財布を戻すなんて真似もする。そういう連中は修業を積んで、自分の技術に誇りを持っているんだ。カードを盗むなんてのは、そいつらからすれば外道だ」

「スリには専門の刑事がいる。スリを追っかけて何十年なんておじさんが、よく山手線をぐるぐる回ってるよ」

藪がつけ加えた。

「ところで今のおっさんだがな、あっちにいっちまったな」

「ああ、気づいたか、あんたも」

鮫島は頷いた。三人が今いるのは、雷門から浅草寺境内へと向かう、最もにぎやかな参道だ。歩いているのは、ほとんどが参拝客だ。これから参拝する者と終えた者が、この仲見世通りですれちがい、左右にはそれをあてこんだ土産物や人形焼などを売る小さな店がぎっしりと並んでいる。

さっきの女たちも鮫島たちも、正面に見える浅草寺を目ざして歩いていた。あの男も進行方向からすれば、参拝に向かうひとりのように見えた。が、スリに対する注意を促したあと、男は交差する小路を右に折れ、東武線の浅草駅の方角に歩いていった。

「照れくさかったのかな。偉そうに説教しちまったんで」

薮がいった。

「かもしれんな。急用を思いだしたのか」

「何、話してんだよ」

晶が割りこんだ。

「あたしにも説明しろよ」

「さっきのおっさんだ。ここを歩いてるってことは、てっきり浅草寺にいくと思うだろう。それがそこの角を右にいった」

「別にどこいこうと、その人の勝手だろ。いきたいのがそっちだったのじゃないの」

「わざわざ歩きにくい仲見世を通らなくともそっちにいく道は他にもある」

「はあ？」

晶は意味がわからない、という顔をした。

「何をいってるの、あんたたち」

鮫島は苦笑した。

「まあ、いいさ。確かに仲見世を歩きたかったのかもしれないし」

ようやく境内に入ると、三人は参拝をすませた。境内には露店が軒を連らね、それらを冷やかし、花やしき遊園地の裏手へとでた。

「さあて、どこいく」

晶がいった。ゆっくりでてきたので、冬の陽（ひ）は西に傾いている。地面にまかれたエサをついばむ鳩（はと）も、寒さに身を縮めているように見えた。

「近くにうまい佃煮（つくだに）を売ってるところがあるんだ」

薮がいった。

「佃煮か、いいねえ。バンドの連中に買ってってやろうかな。案内してよ、薮さん」

うん、といって歩きかけた薮が立ち止まった。

「やっぱり、やめとこうか。休みかもしれん」

浮かない顔をしている。

「休みなわけないよ、稼ぎどきだよ」

「いや、そんなに商売熱心な店じゃないんだ。夫婦二人でやってて、旦那はギャンブル好きだし」

「でもおいしいんだろ」

「ああ。江戸前っていうか、味がしっかりしてて、妙に甘くなくていいんだ」

「遠いのか、ここから」

鮫島は訊ねた。藪は、まるで突然歯でも痛くなったような表情をしている。

「いや……すぐそこの通りの向こうなんだが」

「じゃ、いくだけいってみたらどうだ。やってなけりゃあきらめよう」

「そ、そうだな」

頷いて藪は歩きだした。言問通りを渡って、角を右に折れる。とたんに、げっという声をたてて立ち止まった。

「ま、まずい……」

「どうした」

「どうしたの」

鮫島と晶は異口同音にいって、藪の視線の先を追った。

古い木造の家並みの中に「よろず屋」と木製の看板を掲げた店があった。醬油が匂ってきそうなのれんが北風にはためいている。二階建ての木造家屋で築三、四十年は経過していそうだ。

「渋い店じゃん」

その店先からひとりの男がでてくるところだった。革のジャンパーを着け、岩を彫ったようないかつい顔立ちで、太い眉がつながっている。年齢や職業の見当がつきにくく、小柄だががっちりとした体つきから、職人のように見えた。藪が見ているのはまさにその男だった。

「じゃあな、またくるわ」

男は背後にいって、鮫島たちのほうに歩きだした。スラックスのポケットに両手をさし入れ、口笛を吹いている。

「どうした、知り合いか」

鮫島は訊ねた。藪が答えるより早く、その男が気づいた。

「あっ」

「いや、参ったな……」

小声で藪がいった。これまで鮫島に見せたことのない、ひどく怯えた表情を浮かべている。

「お前、そのでぶ面、隅田川公園病院のバカ息子！」

男が叫んだ。

「英次だろうが。藪英次！」

藪が顔をしかめた。

「か、勘ちゃん……」

「何やってんだ、お前。こんなとこで」

いってからようやく男は、鮫島と晶に気づいた。

「何だ、うちにきたのか」

「そ、そうなんだよ。勘ちゃんとこの佃煮、おいしいから、買って帰ろうと思って」

「ふうん」

男はつまらなさそうに頷き、

「この人たちは？」

と訊ねた。

「あ、あの、会社の同僚で、鮫島くんと、そのお友だちの青木さん」

「何、お前今、サラリーマンやってるの」

「そ、そう。そうなんだ、ははは」

虚ろな笑い声を藪はたてた。

「よろしく。わしはこいつのガキの頃からの友だちで両津といいます」

男はぺこりと頭を下げた。晶の顔を正面から見ても気づいたようすはない。

「よろしく。鮫島です」

「青木です」

二人は挨拶をした。両津と名乗った男は、口調は荒いが、気立ては悪くなさそうだ。

「佃煮買うんなら、でてきたところだけど、戻って母ちゃんにひと言いってやるよ。おまけするように」

「いや、いいよ。そんな、勘ちゃんに手間かけさせちゃ悪いから。いっていいよ」

しどろもどろになって藪がいうと、両津はばんと掌で藪の背を叩いた。

「水臭えこというなって。幼な馴染みじゃないか」

「う、うん……」

「両津さんは、藪さんと同級生なんですか」

晶が訊ねた。

「そうなんだよ、お嬢ちゃん。こいつはさ、昔っから何やらせてもドジでさ、手間かかったよ」

大口を開け、がははと両津は笑った。

「たまに小学校の同窓会でてきても、あいかわらず薄らぼんやりしててさ。会社で仕事ちゃんとやってんのか」

「まあ、何とか」

藪が泣きそうな顔で答える。

「そういやさ、今でもお前、名前のせいで医者になるのをあきらめた、なんて大嘘ついてるのか」

「そ、それは――」

　藪があわてた。

「えっ、ちがうんですか」

　晶が叫んだ。

　あいたぁ……と藪がつぶやいた。

「嘘に決まってるよ、嬢ちゃん。こいつは勉強もできなくてさ。もっともわしもそれについちゃ人のことはいえないんだけど。何回受けても医学部入れないものだから、とうとう親もあきらめたんだ。なっ英次」

「うん」

　蚊の鳴くような声で、藪は、
　と答えた。

「まあ、でも兄貴の英道（ひでみち）がちゃんと継いでくれてるからよかったじゃないか。こいつら兄弟、ぜんぜん似てなくてさ、兄貴はすらっとして男前で頭もいいんだ。弟のこいつは見ての通りだけどさ」

両津は再び、がっはっはと笑った。

四人は「よろず屋」の玄関をくぐった。店内には、昔ながらの木桶に盛った佃煮が並べられている。ころころと太った中年の女が応対にでてきた。

「あれ、勘吉、どうしたんだい」

「今そこで英次に会ったんで、母ちゃんがわかんないと困るから戻ってきたんだよ。ほら、隅田川公園病院の次男坊で、泣き虫だった英次」

両津は大声でいった。藪はもう抗議する気力も失ったかのように、うつむいている。

「あらあ……大きくなっちゃって。どうしたの、実家に帰ってきたの」

「いえ、あの、おばさんとこの佃煮、おいしいんで、おみやげに買ってこうと思って」

「まあ、嬉しいこといってくれるじゃない。ありがとうよ。うんとおまけしてあげるからね」

女はいって、晶の顔をまじまじと見つめた。

「あら、あたしこの人とどっかで会ったことあるかしら。見覚えがある。こんな別嬪さん、近所にいたっけ」

晶は無言でぺこっと頭を下げた。

「いいから、母ちゃん喋ってないで。おい、どれにすんだ」

両津がいって、

「あ、はいはい。どれにしましょうかね」

と母親もしゃもじを手にした。

三人がそれぞれ選ぶのを見届けて、両津は手をあげた。

「じゃ、またな英次。真面目に働けよ」

「何いってんだよ。お前にいえた義理かい。大原部長や、交番の皆さんによろしく伝えといてよ。もたせた佃煮ちゃんと渡すの、忘れるんじゃないよ！」

母親がいい、鮫島は驚きに目をみひらいた。思わず藪を見る。藪は悲痛な顔で小さく頷いた。

「お世話さま」

鮫島が礼をいうと、

「おう、いいってことよ。英次をよろしくな。じゃあな」

両津は店をでていった。

「息子さん、警察官なのですか」

「そうなのよ。よくあんな馬鹿につとまると思って。クビにならないのが不思議なくらいなんですよ」

母親は大口を開けて笑った。笑うと息子とそっくりだ。

「きっと英次ちゃんはいいとこにお勤めなんでしょうね」

「いや、そんな……。似たようなもんです」

藪が体を小さくして答えた。

「あら、英次ちゃんも公務員なの。でもきっと、うちの馬鹿とちがって、立派なお役所なんでしょう」

「大差ない……と思います」

話が長くなりそうだった。鮫島は藪に目で合図した。

「どうもおばさん、ありがとうございました」

代金を払い、藪はいった。

「いいえ、こちらこそありがとうございます。でもどこでこちらのお嬢ちゃんに会ったのかしら……。おばちゃんに見覚えない？」

三人は店を退散した。表にでたとたん、晶は体をふたつに折って笑い転げた。

「ああ、おかしかった。あんな藪さん、初めて見た」

「なるほどね。名前のせいで医者にならなかったのだとばかり思っていたよ」

鮫島も皮肉たっぷりにいった。藪はすっかり打ちひしがれている。

「いいさ、いいさ。そうやって俺を笑い者にしろよ」

「あの旦那にでくわすのが嫌さに、いくのをやめようといったんだな」

「新葛飾署の地域課にいて、ふだんは寮暮らしの筈なんだが、今日はもしかするとと思ったら、悪い勘ほど当たるもんだな」

　藪はため息を吐いた。

「でもさっぱりしてて、面倒見のよさそうな人だったよ」

「ガキ大将まんま、さ。かわってないよ、子供の頃から」

「制服勤務なのだろ」

「あいつは特別らしい。一回、制服のところを見たが、袖まくりあげて、裸足に下駄ばきで、バイトの警備員でもあんなのはいないな」

「今日は非番で実家に顔をだしたというわけか」

「どうやらそうらしい」

「でもあんなマッポがいたら楽しいじゃん。青少年からも嫌われないのじゃない。新宿署にきてもらったら？」

　晶がいった。

「勘弁してくれよ。あいつがうちにきたら、俺は奴隷にされる。絶対に同職だとバレないように、親や兄貴にも口止めしてるんだ」

　薮は悲鳴をあげた。

　鮫島は笑い、ふっと真顔になった。不穏な空気を漂わせた集団がいたからだった。

　そこは国際通りからかっぱ橋へと抜ける途中の、人通りの少ない路地だった。小さな児童公園があり、複数の男が、ひとりをとり囲んでいる。

「あれ」

　薮もそれに気づいた。

「さっきのおっさんじゃないか」

　集団の中心にいるのは、仲見世でスリを注意した男だった。囲んでいるのは、どうやら邪魔されたスリグループのようだ。

「まずいな」

　鮫島はつぶやいた。

「一一〇番するか」

　鮫島は頷き、歩みよっていった。管轄はまったくちがうが、手をこまねいていては男が乱暴される可能性がある。

「お前、なんで邪魔した。えっ、殺してやろうか！」

片言の日本語で凄む声が聞こえた。刃物の類は抜いてはいないが、今にも殴りつけそうな勢いだ。ループタイの男は砂場の中心に正座させられていた。

「おい、何やってる」

鮫島は声をかけた。非番なので、身分証以外は、何ももっていない。

男たちがふりかえった。全部で五人いる。

「なんだ、お前。関係ない、あっちいけ」

「そうもいかないな」

鮫島はいって、身分証をだした。

「私は警察官だ。そこの人、大丈夫ですか」

ループタイの男はほっとしたように鮫島を見た。男たちが目を見交した。

「警察、関係ないよ。あっちいけ」

先頭の男がいって、いきなり鮫島の胸を突こうとした。鮫島は体をかわし、男の腕をとった。

「やめろ！　抵抗するかっ」

手首を決め、怒鳴った。

別の男が大型のカッターナイフを抜いた。チチチ、と音をたてて刃を押しだす。

「怪我するの、お前」

鮫島は手首を決めた男をつきとばした。男たちがさっと広がり、鮫島を囲んだ。

「おーい、何やってんだあ」

不意に声がかけられ、ぎょっとしたように男たちがふりかえった。

両津だった。手にゲームセンターのクレーンゲームでとったらしいぬいぐるみが山ほど入った袋を抱えている。

「両津さん」

「あ、あんた、さっきの。何なんだ、こいつら」

「スリグループですよ。さっき仲見世でヤマ踏もうとしてたところを、この人に注意されて。どうやら仕返しをしようとしていたらしい」

「あーん？」

両津は歩みよってくると、カッターナイフを握った男の顔をのぞきこんだ。

「なんだお前、そんなものもって。やるのか!?」

やにわに男の頭を拳で殴りつけた。ごつっという音がして、男はカッターナイフを落とし、しゃがみこんだ。さして力がこもっているようには見えない一撃だったが、相当痛いらしい。涙目になって仲間をふり仰いでいる。

「お、お前こそ、なんだ⁉」

別の男が叫んだ。

「わしか、わしはただの通りすがりだけどよ。地元でこんなの見て、知らん顔できないだろう」

「殺すよ、お前」

両津は無精ヒゲののびた顎をぼりぼりかいた。

「殺すっていわれてもな。わしを殺すのは、相当大変だぞ、お前ら」

「この野郎！」

男たちのひとりが両津につかみかかった。次の瞬間、もんどりをうって投げとばされる。さらに別のひとりの背中を両津は蹴り、げっという声をあげさせた。

「わし、本気になるとけっこう強いけど、どうする」

男たちは顔を見合わせた。両津が一歩でると、ざざっと後退る。

そこにサイレンの音が聞こえた。藪の通報を受けて、パトカーが出動したのだ。男たちが駆けだした。狭い路地にパトカーが進入してくると、

「あっちだ、あっち！」

両津は逃げた方角を指さした。パトカーの助手席から顔をだした巡査が、

「あっ、両さん」

といったところを見ると、地元の署にも知っている人間が多いようだ。パトカーは両津の指示通り、逃げた男たちを追っていった。

「やれやれ、だな。正月早々」

両津はいって、鮫島を見やった。鮫島は頭を下げた。

「助かりました」

「いや、そっちこそ。度胸あるね」

「見すごせなかったので」

両津は鮫島をじっと見つめ、にやりと笑った。

「あんた、警官だろう」

「わかりますか」

「いやいや、名乗んなくていい。どうせ署もちがうし、わしよりきっと偉いだろうから、名乗られるとこっちがつらい」

両津はがっはっはと笑って手をふった。鮫島も笑い返した。

ループタイの男がすりよってきていった。

「いやあ、助かった。両さん、ありがとう」

初めて気づいたように、両津は男をふりかえった。とたんに渋い表情になる。

「なんだ、ゲンさんじゃないかよ。何やってたんだ、浅草くんだりで」

男はバツの悪そうな顔になった。

「いや、その……、帝釈天（たいしゃくてん）がここのとこぱっとしないんで……」

ごつん、と音がした。両津が殴りつけたのだった。男はううっと呻（うめ）いてうずくまった。

「お前、地元でヤマ踏めないからって、浅草まで、でばってきたんだな！」

鮫島は驚いて二人を見つめた。両津が苦い顔でいった。

「このおっさんは、柴又（しばまた）帝釈天の参拝客狙いのもさで、地元じゃちょっと知られた、元造（げんぞう）って男だよ」

「もさ？」

「やっぱりな」

歩みよってきた藪がいって、鮫島を見た。

「自分が狙いをつけていたカモを、あいつらが横どりしようとしたんで、思わず怒鳴ったのか」

「それだけじゃないです。あいつらのやり口は乱暴で、俺ら本物のスリの風上（かざかみ）にもおけない奴らだ」

元造と呼ばれたスリは、憤然といった。

「確かに仕事を邪魔されたからって仕返しするのは、まっとうなスリじゃない」

両津は頷いた。だがすぐに恐い顔になって元造をにらんだ。

「だからってお前、浅草で仕事してたのじゃないだろうな」

「いやいや、今日はやってないです。アヤがついちまったんで、六区(ろっく)で一杯やって帰ろうと思ってたら、あいつらに見つかって囲まれちまったんですよ」

元造は大急ぎで手をふった。

「ならいいけどな。いきな。浅草署の連中が現検やりに戻ってきたら、面倒くさいことになる」

乱暴なことを両津はいった。

「へえ、すんません」

元造はいって、ぺこぺこと頭を下げ、その場から小走りで遠ざかった。

「いいのか、おい……」

あきれたように藪がつぶやく。

「何だよ、英次。文句あんのか」

「いや……別に、ないよ。勘ちゃん」

鮫島は苦笑した。すべてにおいて型破りの警官だ。だが、こんな警官が同じ警視庁内にいるかと思うと、妙に愉快になる。

「お嬢ちゃん、怪我しなかったか」

両津が晶に訊ねた。

「大丈夫です。両津さんが強いんでびっくりしました」

「よかった。あんたに万一のことがあったらファンが嘆くからね」

両津はにっこり笑った。

晶が目を丸くした。

「気づいてたんですか」

「もちろんだ。ひと目見たときからね。がたがた騒いじゃ悪いと思ったから黙ってた」

晶がほっと息を吐いた。

「じゃ、わし、今度こそ帰るわ。管内の児童館にきてるガキどもに、これ届けなきゃいけないんで」

両津はぬいぐるみの入った袋を掲げた。

「それって、勘ちゃん、クレーンゲームの景品？」

藪がいった。

「そうそう。わし、亀有(かめあり)のゲーセン、全部立ち入り禁止なんだわ。うますぎて」

藪がほっと息を吐き、首をふった。

「勘ちゃんて、本当にぜんぜん、子供の頃からかわってないね」

にやりと笑い、両津は歩きだした。袋をかついで歩くそのうしろ姿は、まるで季節遅れのサンタクロースだった。

再会

「恩師を囲む会」になんてこなければよかった、と私は後悔していた。卒業して二十年以上もたてば、それぞれの道は大きく分かれる。一種のクラス会なのだが、男ばかりでしかも名門受験校といわれているような高校の同窓会など退屈でしかない。よほどのできそこないを除けば卒業生の大半は一流大学にいき、有名企業、あるいは官庁につとめている。もっともこの二十年で企業も官庁もさまがわりしているから、絶対に潰れない筈だった銀行が消えてしまったり、本流ばりばりのエリートコースを歩んでいたつもりが、気づくと合併した新組織の窓際族になっていたりする。

医者になった奴も多いが、かつてのように儲かって笑いが止まらない時代でもないらしい。以前は「先生」「先生」と呼ばれていばっていた奴が、親から受けついだ病院を潰し、雇われドクターとして働いている。そいつの話では、今は患者が「お客様」の時代だそうだ。ふんぞりかえっていると、「あの先生は不親切だ」といわれ、医療法人がチェーン展開する田舎の病院にトバされるという。

看護師との色恋沙汰もご法度（はっと）。外科医といえば大酒飲みがお約束だったのが、今はオペの十二時間前は禁酒、という決まりで、アルコール検知器を手術室においている病院もあるそうだ。医者もまた高度に管理されるサラリーマンに過ぎない時代に入ったということだ。極端な例なのだろうが、その医療法人では、医業はサービス業である、というのが社是らしい。患者による人気投票まであって、順位が低いドクターは、給料やボーナスにかかわってくる。ちなみにその医療法人の経営母体が外資だというので、私は納得した。

こうしてみると、会にきている同級生のほとんどは〝負け組〟ばかりだった。当然といえば当然だ。ファンドマネージャーや為替ディーラーの現役が、こんなぬるい同窓会になどでてくるわけがない。

会場は一流ホテルの宴会場だが、幹事が費用を値切ったせいだろう、料理はお粗末だった。もっとも一流ホテルのレストランの料理が一番だと思っているうちは、本当の贅沢（ぜいたく）を知っているとはいえない。

出席した同級生の大半は、まさか私がくるとは思ってもいなかったようだ。初めのうちは遠巻きにされているのを感じたが、おそ松が話しかけてきたのを機に、いっせいに集まってきた。

おそ松というのは高校時代の渾名で、私や今日はきていない、外交官になったアゲモチ（これも渾名だ）の腰巾着をやっていた男だ。頭のできも今いちで、私大にいき、確か銀行に入った。三十まではとんとん拍子だったらしいが、それから十年ですっかり本流から外れ、今は川崎あたりの小さな支店長をやっている。

「名刺をくれよ」

上目づかいで自分の名刺をさしだす仕草は、高校時代、テストのヤマを教えてくれとまとわりついてきた姿を思いださせた。

「名刺っていったって、今はこんなのだぜ」

私は社名とCEOの肩書の入った名刺をだした。おそ松は拝むように押しいただく。

「いやあ、名刺だけでもありがたいね。おたくとのつきあいは完全に本店業務だから、俺なんか寄りつきもできない」

私は無視した。こういうおべっか野郎と、同窓会にきてまで話したくない。

七十を過ぎた元担任は、すっかり弱っちまって、乾杯のあと何人かの生徒と話してからは、テーブルについたまま、ずっと酒を飲みつづけている。開会から一時間くらいは入れかわりたちかわりで寄っていく者がいたが、今は皆、互いの話に夢中だ。

「で、いくつぐらいで回るんだよ」とか、

「えっ、あのコース、お前もメンバーなのかよ」といったゴルフの話や、

「おう、あそこの店な、俺もけっこういってるぜ。係、誰だよ」

飲み屋の話、果てには、

「お受験もたいへんだぜ、おい。俺らの頃は、あんな馬鹿学校と思ってたのが、今や人気一、二のお嬢さん校でよ。女房に尻叩かれて、面接だよ。たまんないって」

「お前、あそこの学祭いって、ナンパしてやりまくったとか、いってなかったっけか」

「そうなんだよ、今や報いを受けてる身さ」

子供の学校話で盛りあがっている。

元担任は昔から酒好きだった。授業中によく、正しい燗のつけかたを、高校生に伝授したものだ。その頃、私たちは日本酒をジジくさい酒だと馬鹿にしていて、飲むとしても、ウィスキーやカクテルばかりだった。

熱燗をもらい、かなりできあがって顔をまっ赤にしている。相手をしているのはひとりだけだ。

また別の奴らが私の周りに集まってきた。今度はメーカーと出版社、それに親の跡を継いだ中小企業の二代目だ。こいつらもたいした脳ミソじゃなかった。今はゴルフでしょっちゅうつるんでいるらしい。軽井沢の別荘でゴルフ合宿をしようなんて下らない誘いを、

二代目がかけてくる。おおかた、軽井沢の別荘仲間に、私が知り合いなのを吹聴したいのだろう。

「ゴルフはやらないんだ」

私はいった。

「えっ、だって去年だかの『財界展望』にお前のインタビューがでかでかとでてて、ハンディは六とか七とか書いてあったぞ」

「あんなの嘘っぱちだよ。ああいう記者連中だって適当なこと書くんだよ、なあ」

出版社につとめる男に私はいった。以前、そこの週刊誌が私を叩いたことがある。

「そういや、『売国奴』とか書かれてたな」

メーカーがいうと、出版社は、へへへと卑屈に笑った。

「すまん、すまん。金持を叩くと雑誌てのは売れるもんで」

「何いってやがる。こいつのとこの週刊誌なんて、しょっちゅう『大手企業の三十八歳平均給与』だの『各社ボーナス大特集』とかやるくせに、手前らのほうがはるかにいい給料とってんだぜ」

「そうそう」

二代目が赤い顔で頷(うなず)いた。

「でもそれがバレると、貧乏サラリーマンは買ってくれなくなるからって、載せねえんだ。ひどいよな。お前んとこで、こいつの会社買収しちまって、給料下げてやんな」

「出版社は駄目だ」

言下に私はいった。

「社員の能力差がありすぎる上に、ギャンブル性が高い。しかも、流通システムに限界がきている」

「厳しいねえ。さすが億万長者はいうことがちがう」

メーカーが首をふった。

「もういつ引退してもいいくらい稼いだのだろ。百億くらい、いったか」

「世の中には税金て奴があるんでな。そのぶんしっかりとられているよ」

私はまともに相手をする気にもなれず、いった。連中から逃げるために、

「ヤカンに挨拶してくる」

と、その場を離れた。ヤカンというのが担任の渾名だった。毛がないことと、怒るとまっ赤になって今にも蒸気を吹きそうなところからついた。さすがに二十年もたつと、ひと回り小さくなった感がある。

ヤカンの前にすわって酌をしている男の横顔に目がいき、私は足を止めた。大半の出席

者が太って腹がでている中で、珍しくほとんど体型がかわっていない。しかも浅黒く陽焼けまでしていた。

男はヤカンが私を見るのにつられてふりかえった。

「久しぶりです、先生」

「おお、浜口か。お前さん、えらく出世したな。よく新聞で名前を見るぞ」

私は首をふった。

「半分は悪口ですよ。この国では、ちょっとでもうまくやったと思われると、寄ってたかって足をひっぱられる」

私はヤカンのかたわらに腰をおろし、向かいの男の顔を見た。

「久しぶりだな、元気そうじゃないか」

この男の渾名は「サメ」だった。鮫島という姓からきていた。

「元気じゃなきゃやっていけない職場なんでな」

「お前も俺といっしょで、役所をやめると思ってた。まして、あんなことになったのじゃ」

鮫島の笑みが消えた。

「知ってるのか」

「噂だけだが」

「今も話しとったんだ」

ヤカンが割りこんだ。

「なんでお前さんみたいのが、いつまでもしがみついとるんだ、と」

「石にかじりつけといったのは先生ですよ」

鮫島が再び笑みを浮かべ、いった。

「そりゃあ、『自分の能力をきちんと周りが理解してくれるまで』という話だ。今のお前を理解してくれている人間が周りにおるか」

「ええ」

鮫島は短く答えた。それ以上は話そうとしない。

「お前はまるで太ってないな」

私はいった。

「太る暇がない」

「所帯は？」

鮫島は首をふった。そして私の目を見つめた。

「そっちも今はひとりか」

私は笑った。

「ああ。今さらいってもしかたがないが、結婚当初は鑑賞用でかまわない、と思ってたんだ。向こうも仕事が忙しいだろうし。ところが本気で主婦になるつもりでいた。ガラじゃないからやめろといったんだが……」

答えながら私は驚いていた。高校時代、決してこの男と親しかったわけではない。むしろどこか互いに遠ざけていた。なのに自分のことをべらべら喋っている。

「女優さん、だったたな。何といったっけ……」

ろれつの回らない口調でヤカンがいった。私は鮫島に目配せし、立ちあがった。

「先生、熱いのを一本もらってきますよ」

バーコーナーで新たな銚子をもらい戻ると、ヤカンは舟を漕ぎ始めていた。鮫島が煙草をとりだしたのを見て、私はいった。

「一本、くれ」

「やめてるのか」

鮫島はパッケージを私によこした。

「アメリカにいってやめたから、もう十年以上になる。なのに最近また、ときどき吸っちまうんだ」

鮫島は頷いた。私は訊ねた。

「その陽焼けはゴルフか」

「いや、仕事で外を回ることが多いからだ」

鮫島は静かな口調でいって、使い捨てライターの火をさしだした。安物のチノパンに、薄いブレザーを着ている。おそらく、ここに今日きている負け組の中でも、一番の安月給かもしれない。だが酒をガブ飲みすることもなく、並んだ料理に貪(むさぼ)りついてもいない。

「かわらんな」

私は思わずいった。

「何が」

「お前さ。昔もそうやって、ひとり超然としていた」

鮫島は首を傾(かし)げた。

「覚えがない。そうだったかな」

「なあ、飲みにいかないか。これから」

私はいってからまた驚いていた。この男と自分とのあいだに、いったいどんな共通点があるというのか。

鮫島は笑みを浮かべたままいった。

「今度つきあう」

「じゃあ携帯の番号をくれ」

私はいって電話をとりだした。鮫島が口にする番号のボタンを押す。鮫島は自分の携帯を腰に留めていた。振動に気づき、手にとる。

「俺の番号だ。携帯はふたつあって、これは、限られた奴にしか教えてない」

液晶を見つめている鮫島に私は告げた。

「暇ができたら知らせてくれ」

鮫島が顔を上げ、私を見た。

「気がかわったよ。飲みにいこう、やっぱり」


ハイヤーを待たせていた。専用の運転手は、先月の株主総会前に解雇した。

「六本木にいってくれ」

乗りこむと私はいった。鮫島は感心したように車内を見回した。

「いつも運転手付か」

「経費になるからな」

瀬里奈(せりな)に近いクラブに鮫島を連れていった。六本木ではそこそこハイレベルな店だ。すわって五万、二時間を過ぎると、三十分ごとに五千円のチャージがつく。

「こういう店にくることは？」

「いや」

鮫島は首をふった。我々が入ったのと同じＶＩＰルームに陣どる別のグループに目を向けている。ガラの悪そうな連中だ。

「六本木は多いぜ、金貸しややくざ者」

「しーっ」

席についた係の志乃(しの)がいった。そろそろ私がくると踏んでいたのだろう。先月買ってやった着物をきている。

ブランデーと焼酎のキープボトルがテーブルに並んだ。

「ワインもここは揃(そろ)ってる。オーパスワンでも抜くか？」

志乃が嬉しそうな顔になる。が、鮫島の返事は、

「いや、焼酎の水割りをもらおう」

だった。

「じゃ、俺も同じでいい」

私がいうと、がっかりしたように唇をすぼめた。乾杯し、私はいった。

「初めてああいう会にでたが、下らんな」

「お前の立場から見ると、そうかもしれんな」

「俺の立場？」

「金も地位も、何でもある。あそこへでることで仕事につなげようという欲もない」

「あたり前だ。そんなつまらんコネやネットワークに頼ったビジネスがうまくいくわけがない」

「なるほど、厳しいものだな」

鮫島は水割りを口にし、いった。

「お前はどうなんだ。お前だって役に立たんだろう、あんな会は」

私は訊ねた。

「もちろんだ。俺もああいう会にでたのは今日が初めてだ。ヤカンが年だからな。一度くらいでておかないと間にあわなくなる、と思った」

「ヤカンに気に入られていたのか、お前」

「特に気に入られていたとは思わんが、死んだ親父にちょっと似ているんだ」

「鮫島さんのお父さんは何をしてらしたんですか」

志乃が訊ねた。席についてすぐ名刺を鮫島に渡したが、鮫島は自分の名刺を返さなかった。

ありがとう、といって受けとっただけだ。そういうとき、私の席では「お名刺を」と深追いするのはやめろ、といってある。この店に財務省や金融庁の人間も連れてきた。

「新聞記者だった」

鮫島は答えた。

「呑んだくれでね。帰ってくると必ず晩酌をしながら、世の中の仕組みだの、それに伴う不条理だのを、俺に話して聞かせた」

「話だけ聞いていると、負け犬っぽいな」

私はいった。志乃がにらんだ。

「そんなひどいこと」

「確かに出世はしなかったな。そういう欲はあまりなかった」

「欲というのは、誰にでもある筈だ、と俺は思う。ただその欲望を充足させるための努力を惜しまないか、面倒がるかのちがいだけで」

「なるほど」

「お前の欲って何だ」

私は鮫島に訊ねた。訊ねながら下らない問いだと思っていた。こんな男の欲は、それこそ私の資産の百分の一も使わずに充足できてしまうだろう。そんなことで優越感を得ようとしている自分も下らない。

「俺の、欲か」

鮫島はいい、グラスを手に考えこんだ。

「金はいらないのか」

「ちょっとお」

志乃がいった。

「嫌みじゃない」

「わかってる。だが同級生なんだ。変な遠慮はしたくない」

「独り者だからな。それに仕事が忙しいから、金はあっても使う暇がないな」

「鮫島さんのお仕事って何ですか」

志乃が訊いた。

「お前らは知らんほうがいい」

私は席についているホステスたちの顔を見回し、いった。

「何それ」

「まあまあ」

鮫島は苦笑いを浮かべた。

「金じゃないとしたら何だ」

私は話をつづけた。

「そうだな。ほっとすることかな」

「ほっとする?」

「自分の目に入ってくるものの中に、悲惨なことやひどく不公平なこと、見ていて心が痛くなるようなことがなくなる。たまにそんな日があると、今日はいい日だったなと思う」

「年寄りみたいなことをいう」

私は笑った。そして思いだした。

「お前、アゲモチと喧嘩したことがあるだろう」

「アゲモチって、あの?」

「そう、今日はきてなかったが、あいつが下級生呼びだして殴ったのを見て」

鮫島は首をひねった。

「そんなことあったか」

「あいつはけっこういびり屋で、同じクラスでもおそ松なんかをいじめてた。おそ松はすぐ奴にくっついて、いびる側に回ったが」

　鮫島は無言だった。本当に覚えていないようだ。

「アゲモチにしてみりゃ、ただの遊びだった。だからお前が止めたんでムカついたらしい。二年のとき、一度、クラスでお前をフクロにしようって計画がもちあがったんだ。全員じゃないが、お前のことを気にくわないと思っているのが、七、八人はいた。アゲモチがいいだしっぺで」

「フクロにされたら覚えている筈だが」

「もちろんそんなことにはならなかった。俺がやめさせたんだ」

　鮫島は不思議そうに私を見つめた。

「浜口が？」

「かっこいい、浜口さん」

　志乃がいった。

「別に俺は、お前のことを好きでも嫌いでもなかった。成績はまあ、悪くないのは知っていたが――」

「お前のほうがいつでも上だったろう。学年で一、二番だった」

「まあな。お前はグループに入ってなかった。俺のグループにも、アゲモチのグループにも、他の、もっと下の成績の奴らのグループにも。そういう奴は珍しいと思って見てた」

「フクロをやめさせた理由は何だ」

「自分のためだ。三年生で同じようなことがあって、クラス全員の内申書に響いたって話を聞いていたんだ。アゲモチたちのせいで落ちたら馬鹿ばかしいからな」

「なんだ、自分のためだったんだ」

志乃がわざとらしくため息を吐いた。

「ワガママな浜口さんらしくないと思ったんだよね」

「俺は昔から個人主義なんだ。来る者は拒まないが、去る者も追わない。ホステスもな」

志乃の肩を抱きよせると、キャー、かっこいい、という声が他のホステスからあがった。

「あのう、すんません」

大柄な男がのっそりとテーブルの前に立ち、ホステスたちの笑顔が消えた。奥にいた、ガラの悪そうな一団のひとりだ。

「お楽しみのところをお邪魔して申しわけないっす。実は、こちらさんが、うちの兄貴が以前お世話になった方で、できれば一杯さしあげたい、と申しているんですが」

男の目は鮫島に注がれていた。鮫島は静かに男を見返した。

「あんたの兄貴というのは？」

「藤野(ふじの)組の剣崎(けんざき)といいます。あちらに」

鮫島は奥のテーブルに目を向けた。正面の席にすわっていた小柄で髪の短い男が腰を浮かせ、頭を下げた。

一拍おき、鮫島は目の前の男を見た。

「そんな知り合いはいないな。人ちがいのようだ」

男は息を吸いこんだ。怒るべきか迷っているように見えた。

「でも……」

ＶＩＰルームの中は静まりかえり、鮫島の声は奥の席にも届いていた。

「もういい」

小柄な男がいった。

「人ちがいだとおっしゃっているなら、人ちがいなんだろう。戻ってこい」

「はい」

男が踵(きびす)を返すと、声が飛んだ。

「馬鹿っ。お邪魔しましたって、あやまって帰ってくるんだよ！」

空気が凍りついた。男はゆっくり向きをかえ、私と鮫島の両方をにらんだ。

「どうも申しわけありませんでした」

押し殺した声でいう。

「土下座だ、土下座！」

大声が響いた。志乃があわてたようにいった。

「もういいですから。どうぞお席に戻って下さい」

「待てや」

剣崎というやくざが立ちあがった。かなり酔っている。

「なんでホステスのお前が仕切るんだ。俺はお前なんかに何もいっちゃいねえ。こっちのお客さん二人に、一杯さしあげたいといったんだ」

お客様――と黒服が走りよった。やかましい、あっちいけっ、剣崎の別の連れがそれを怒鳴りつけた。

「一一〇番したほうがいいな」

鮫島がいった。

「他のお客さんに迷惑をかけるのならでていってもらう。それで駄目なら一一〇番する。それがこういう場合の対処法だ」

「この野郎」

目の前の男が唸り声をたてた。

「やめろ、馬鹿」

剣崎が止めた。志乃があわてて立ちあがり、奥に向け腰を折った。

「わたしがですぎた口をきいたんです。申しわけありませんでした」

「だったらこっちきてあやまれや」

「いい加減にしろ」

鮫島がいった。全員が息を呑んだ。

「この店が気に入らないのか、俺が気に入らないのか」

「両方ですよ」

剣崎がいった。

「せっかく六本木にきて、うまい酒飲んでたら、よりにもよってあんたがいる。警部ってのはそんなに給料がいいんですかね」

「何か誤解をされているようですが……」

私は立った。

「彼は高校の同級生でしてね。私が誘ってここにきました」

「あんた、見たことがある。確か、株で大儲けしてる人だったな」

私は頭を下げた。

「お近づきのしるしによろしかったら、ごいっしょにいかがです。ワインをお好きのようですが」

テーブルの上にあるデカンタを見てとり、いった。

「おいおい、こっちの酒は飲めねえが、そっちの酒は奢(おご)られなきゃいけねえのかよ」

剣崎がいいざま、テーブルを蹴り倒した。悲鳴があがる。ボーイとマネージャーがあわてて走り寄り、剣崎さま、ここはどうか、と止めに入った。

「ふざけんじゃねえぞ、この野郎!」

剣崎は怒号をあげた。

「一一〇番でも何でもすりゃいいだろう。上等じゃねえか」

鮫島が立ちあがった。

「とりあえず外にでるか。これ以上ものを壊すと、どんどん立場が悪くなる」

剣崎は大きく息を吸いこんだ。連れをふりかえった。

「お前らここにいろ。店の奴らによぶんなことさせるんじゃねえぞ」

いいおいてこちらに歩みよってきた。私をにらみつけている。

「お前も気に入らねえな。どれほどの金持か知らねえが、奢りゃあ、俺らがおとなしくなると思ったのか、おお!」

　今にもかみつきそうに私の顔をのぞきこみ、私は思わず体を引いた。恐ろしいとは思わないが、厄介なことになったと感じていた。そのあいだにすっと鮫島が体をさしいれた。

「とりあえず外で話そう。こんなきれいなお姐さんたちを恐がらせちゃ野暮ってもんだ」

　鮫島の表情はかわっておらず、落ちつきはらっている。

　剣崎は鮫島をにらみつけた。

「表にでたとたん、パクろうってか」

「ここは俺のシマじゃない。そういや、お前さんもそうだったな」

　鮫島がいうと、剣崎は瞬きした。わずかだが酔いが醒めたように見えた。

「いこう」

　鮫島はいって、先に立ち歩きだした。

「鮫島――」

　呼びかけた私に首をふった。

「大丈夫だ。すぐ終わる」

　鮫島と剣崎はＶＩＰルームをでていった。残ったやくざ二人は険悪な空気を漂わせ、こちらをにらみつけている。そのあいだに、四、五人の黒服が不安げに立っていた。

「鮫島さんて……」

ひきつった顔で志乃がいった。

「刑事だ。I種合格で警察庁に入ったキャリアだが、俺と同じで上とあわずにトバされた。俺は大蔵省を辞めて今があるが、奴はそのまましょぼい警察署に居残った。根性のない話だ。ただ俺の知っている、鮫島らしくない」

「浜口さんの知っている鮫島さんて？」

「何ていうか、昔からひとりだけ、俺はちがうってツラをしてた。正直、あまり好きじゃなかった。気どりやがって、と思ってた」

「でもさっき、フクロにされるのを止めたって――」

「だからそれは自分のためだ。下らん騒ぎで、他人に人生の計画を狂わされたのじゃたまらんと思ったのさ」

私は苦笑いした。

「だが役所に入ってみたら、もっと下らん人間の嫉妬（しっと）とかゴマすりを目（ま）のあたりにして、自分から計画をかえざるをえなくなった」

「そのおかげでお金持になったじゃない」

鮫島がいないので、志乃はいつもの口調に戻っていた。

「金はしょせん金でしかない。給料は安くとも、役人には権力がある。まあ、どちらかしか手に入れられないというのは、この国がまだマシだ、という証拠なのだろうな。権力のある奴が公然と富をかき集められるようになったら、その国は終わりだ」

　志乃は頷き、

「鮫島さん、大丈夫かしら……」

　不安げにＶＩＰルームの入口をふりかえった。近くにいたボーイが小声でいった。

「店長がようす見てますんで、大丈夫だと思います」

「そう」

　志乃は頷き、私を見つめた。

「浜口さんと鮫島さんて、似ているんじゃない？」

「はあ？」

　私は驚いた。

「俺のどこがあんな負け犬と似ている」

「鮫島さんは負け犬のようには見えない。負け犬だったら逆にもっといばったり、あなたに媚びたりするわ。そのどちらでもない。ちがうところは、あなたが役所を辞めてお金儲けにがんばったのに比べ、あの人はまだいるってこと」

「それが負け犬なのじゃないか。俺だって確実に商売がうまくいくとわかっていて辞めたわけじゃない」

「誤解しないで。お金持が悪いといってるのじゃない。わたしはお金持が大好きよ。ホステスですから。でも、鮫島さんはお金を稼ぐ以外で、まだ自分にできることが役所にあるって思ったのじゃない」

私は首をふった。あげくがこのザマだ。飲み屋でやくざにからまれ、不愉快な思いをしている。志乃も含め、この店は潮どきかもしれない。本来、私のような人間と、こういう連中とは、生きている場所がちがう。世智(せち)に長(た)けているのと、本当の賢明さは異なるのだ。志乃を、ホステスにしては賢いと思っていたが、鮫島と私を似ていると評するようでは、まったく話にならない。

「もういい。そういう比較は意味がない。チェックをしてくれ」

志乃の目にちらっと傷ついたような色が浮かんだ。私は無視した。

「勝手に帰るってのか、おい！」

伝票が届くと、残っていたやくざがすごんだ。聞こえなかったふりをする。もし奴らが私に手をだすようなら、店の人間が体を張って止める筈だ。この一年で、二千万以上はこの店に落としてきた。勘定はただだった。当然だ。

鮫島が戻ってきた。何もなかったような顔をしている。ひとりだ。

「剣崎は帰るとさ。そっちも帰るんだな」

「何だと」

「剣崎は表でお前たちを待ってる。早くいかないとどやされるぞ」

二人のやくざは顔を見合わせ、でていった。

「大丈夫だったんですか」

「何でもありません。ちょっと悪酔いしていたんでしょう。私のせいでかえってご迷惑をおかけしました。浜口にも申しわけないことをした」

鮫島はいって、頭を下げた。すぐにでも席を立とうと思っていた私は、これでかえってでづらくなった。今表にでれば、やくざたちと鉢合わせするかもしれない。

「慣れたもんだな」

しかたなく鮫島にいった。

「そんなことはないさ。あの連中も本気じゃなかった。ただ恐がられてナンボの連中だから引っこみがつかなくなった」

「殴り合いとかにはならなかったのか」

「あいつらも一応プロだ。どこまでやったら本当につかまるのか計算している。まして組に入っているのだから、刑罰の適用は厳格になる。実際の話、お店は客商売だから、よほどのことがない限り被害届をださない。だが他の客にちょっかいをだしたとなれば話は別だ」

「まして相手は刑事か」

「それは別だ。ここの管轄は麻布だし、俺もいってみればプライベートできている。なのに俺が仕事ヅラをしたら、奴らもムカつくだろう。だから穏便に話した。ただ奴らにとってもここは縄張り外だ。もめごとを起こせば、このあたりを仕切っているところと気まずくなる」

私は息を吐いた。

「まるで昔の映画だな。縄張りだの、何だのと」

「そういうしきたりに縛られていないと、始終戦争を起こさなきゃならなくなる。それじゃあ彼らもしんどいだろう」

私は鮫島の顔をまじまじと見つめた。

「お前、よく、そんな馬鹿ばかりとつきあっていられるな。うんざりしないのか」

「俺はお前ほど賢くない。この世界で働いている以上、いってみればお得意さんのルールに詳しくなるのは自然だ。ただ考え方まで同じにしようとは思わんが」

「だがそういう警官も多いのだろう。やくざみたいな口をきいたり、ものの見かたをする――」

「少なくはない」

鮫島は短く答えた。それ以上何もいわなかった。私は首をふった。

「高校まではいっしょだったが、まるでちがう世界にいっちまったようだな、俺たちは」

立ちあがった。

「いこうか。何だかしらけちまった」

「悪かった」

鮫島はいって腰を浮かせた。

「ここの勘定だが――」

「よせよ、俺がひっぱったんだ。それに俺に奢られたからって、お前が困ることはないだろう」

「それはわからん」

鮫島がいったので、私は思わずふりかえった。

「何だよ」

「車の中で話そう」

不安がふくれあがった。志乃たちに見送られ、ハイヤーに乗りこんだ。

「先月、新宿で手広く売人を組織していた元締めがあげられた。顧客の番号が入った携帯を一台五十万から百万で、売人に買わせ、クスリの密売に使わせる。押収した携帯電話のメモリーのナンバーリストが俺のところにも届いた。大半はプリペイドや名義トバシの番号で持ち主がわからない。だから、仕事でひっかかる人間の携帯で一致する番号があったら知らせろってわけだ」

「会長、どちらまで」

運転手が訊ねた。

「とりあえず新宿方面」

答えた声がわずかだが震えていた。私が黙っていると、鮫島が口を開いた。

「クスリに走る奴は二種類だ。現実では楽しみが何ひとつなく、酒の酔いでも足りなくて、クスリの世界にだけ夢を求め、かなえられた気になる奴。もう一種類は、逆に現実で何もかもを手に入れちまい、おもしろいことが何ひとつなくなって、新しい刺激欲しさにクスリに手をだす。お前はそっちか」

静かな口調だった。

私は黙りつづけ、やがて大きなため息を吐いた。

今日は一日、後悔ばかりだ。あの会にでたことを後悔し、さっきの店にいったのを後悔し、何より、鮫島に携帯の番号を教えてしまったのを後悔している。

この番号は先月解雇した運転手が渋谷で買ってきた〝足のつかない〟携帯だった。運転手は、私が余分にだしてやった退職金を手に、鳥取の田舎に帰り、東京に戻ってくることはない。したがって知らない番号にさえ応じなければ、しばらくは使える。最悪、指紋をきれいにぬぐって、どこかに捨ててしまえば片がつく。

捨てなかったのは、別の売人と話をつけるのに安全な番号の携帯をまだ手に入れられないからだ。まさか警察が、私とこの番号をつなげられるとは予想もしていなかった。

「何の話だ」

ようやく私はいった。声はかすれていた。

「だったらいい。俺の気のせいだろう。あんたの番号を見たとき覚えがあるような気がした。帰ってもう一度、リストと比べてみる」

私は鮫島にとびかかり、その携帯電話を奪いとりたくなった。そうなのだ。着信記録は、鮫島がもつリストと同じ番号を示している。

「わかったよ。前のほうだ」

「前のほう？」

「現実じゃ何ひとつ楽しみがない」

「それは妙だな。お前とはまるで逆じゃないか」

「思い通りになることなんて、ひとつもない」

私は思わず口走っていた。

「いいか、金はあるかもしれんが、会社の実態はもう外資のものなんだ。俺はただのお飾りで、給料をもらう以外は何もするなといわれている。権力なんかどこにもない。家族もいない。友だちといえるようなのもいない。寄ってくるのは、俺の名前か、金か、その両方が目当ての奴ばかりだ。酒を飲みにいこうが何をしようが、おもしろいことなんて何もない。俺が本当にしたいのは、会社を動かし、人を動かし、できれば国を動かすような仕事だった。なのに、金しか残らなかった。組織も人も、金とひきかえにそっくり消えた」

「下らん話だな」

私は耳を疑った。

「下らんだと。今、下らないといったか」

「いった。お前のいう理由は、何ももっていないからじゃなく、欲しかったオモチャではない別のオモチャを与えられたからぐずっている子供と何らかわりがない」

「ふざけるな。お前がビジネスをわかっていないだけだ。どれだけこの世界が厳しいか、低次元の奴らを相手にしているお前にわかるわけがない」

「そうかもしれん。だが訊きたい。お前から組織や人を奪ったのは神か？」

「市場だ。市場はある意味、神と同じだ」

「その市場をお前は牛耳(ぎゅうじ)っているといわれてなかったか」

「そういうときもあった」

「神を牛耳れたら、それは神じゃない」

「何がいいたい」

「お前から組織や人を奪ったのが神なら、あきらめるしかない。神でないものなら、まだ何かができる。クスリをやる以外にな」

「説教をするのか、俺に。この、俺に……」

私の声は思わず大きくなった。この男は自分を何様だと思っているのか。今や、末端の憐(あわ)れな小役人に過ぎない、この男が。

「しちゃいかんか。俺はよくするぞ。パクったやくざ、酔っぱらい、売春婦、ラリってるガキども。もしお前がパクられたら、そいつらと何のちがいもない」

「貴様！」

私は本気でつかみかかりかけた。鮫島は冷ややかに私を見た。

「どうした。何をしたい」

私はけんめいにこらえ、荒々しく息を吐いた。

「わかったよ、お前の勝ちだ。たかが小役人でも、お前のもっている権力に俺は立ち向かえない。今は、な」

鮫島は不意に携帯電話をとりだした。私は不安を感じた。この場から仲間に連絡し、私を逮捕しようというのか。

「お前の番号を消去する」

低い声でいって、メモリー機能を操作した。

「何のためだ」

「さっきお前がいったように、俺とお前の世界はちがいすぎる。だからお前の番号は必要ない」

「情けをかけたつもりか。それとも高二のときの恩返しか」

「さあな。酒を奢ってもらったからでないことは確かだ」

「お前、このことが表沙汰(おもてざた)になったらヤバいんじゃないのか。警察をクビになるぞ」

鮫島は笑った。

「そんな心配をしてくれるのか」

私は首をふった。

「わからん、お前のことが。俺にはまるでわからん」

「いいのじゃないか、それで。ただひとつだけいうなら、こんなことでクビに怯(おび)えるほど、俺の世界も、平和でも安全でもない。もっとひどい罠(わな)や脅迫が、同じ役所内でいくらでもある。運転手さん、この辺でけっこうです。止めて下さい」

ハイヤーが止まったのは、靖国(やすくに)通りと区役所通りが交差する交差点だった。運転手がドアを開けるために降りようとするのを制し、鮫島は毒々しいネオンが並ぶ街角に降り立った。

「じゃあな。また会おう、とはいわん。そのほうがお互いのためだ」

鮫島はいってドアを閉めた。私はあわててウインドウを降ろした。

「ひとついっておく。さっきの飲み代はただだった。だからお前は俺に奢られていない」

なぜかいわずにはいられなかった。

鮫島は笑いを含んだ目で頷いた。

「知っていた。外から戻ってすぐ、勘定のことを店の人間に確かめたからな」

なんて奴だ。私は息を吐いた。鮫島の目から笑みが消えた。

「その電話を二度と使うな。俺のいっている意味はわかるな」

「わかった。約束する」

心の底からそう思い、私はいった。

「じゃあ、いってくれ」

いうなり、鮫島は背を向け、歩きだした。私はウインドウを上げた。

ハイヤーが走りだし、私はぼんやりと外を眺めていた。奇妙な話だが、気分がよくなっていた。明日からは、今日までとちがうことが何かできるような予感すらあった。

馬鹿げている。あんな男が、私に影響を与えるなんて。だが不思議なことに、それは事実だった。

水仙

メールを受信したのは、午後十時を回った時刻だった。

『程永詳という人を知っていますか。今、従姉のやっているレストランにきています』

聞き覚えのない名だった。書類仕事をかたづけるために鮫島は新宿署にいた。署のパソコンで検索すると、顔写真とともにデータが表示された。

二週間前、群馬県高崎市で発生した中国マッサージ店女性従業員殺害事件の重要参考人として手配されている。殺されたのは、程と内縁関係にあった李佳という女で、殺される一週間前まで池袋の中国マッサージ店につとめていた。同僚の話によれば、程との関係を解消しようと、友人を頼って高崎に移ってきた直後らしい。

身を寄せていた友人のアパートで絞殺されているのが発見された。その周辺で事件前日、程と容貌の似た男が目撃されており、群馬県警が重要参考人として手配したのだ。程の自宅は池袋だった。

鮫島は、群馬県警の捜査一課に電話を入れた。

「こちら、警視庁新宿署生活安全課の鮫島と申します。重参で手配されている程永詳と似た人間が、管内の中国料理店にいるとの通報がありました。担当捜査員の方、都内におられるでしょうか」

「いやあ、それは参ったな。実は今日、うちの人間が東京をいったん引き揚げてきたばかりなんです。程の住居周辺をずっと張っておったのですが。管内というとどちらですか」

「新宿区百人町二丁目です。ＪＲの駅でいいますと新大久保の北側になります」

「池袋からは遠いのですか」

「それほど遠くはありませんが、区は異なります」

担当者は唸り声をたてた。

「たいへん申しわけないお願いなのですが、その通報の確認をしていただけませんか。今からこちらの人間をいかせてはとうてい間に合わないと思いますので」

「了解しました。確認し、該当者であると判明した場合、任同を求めますか」

「まだ令状はでておりません。判明すればただちに人を向かわせますので、よろしくお願いします」

鮫島は承知したと告げ、もう一度所属と氏名を口にした。担当者は、群馬県警捜査一課の有村と名乗った。

程の写真をプリントアウトし、拳銃を着装して、覆面パトカーに乗りこんだ。

中国料理店「玉蘭」は、大久保通りを北に入った一方通行の路地にあった。一方通行の出口にあたる場所に覆面パトカーを止め、「玉蘭」の出入口を監視した。

張り込みを開始して三十分後に三人連れの男が「玉蘭」をでてきた。三人は二人とひとりに別れ、二人は新大久保駅方向へ歩きだし、残ったひとりが大久保通りのガードレールに尻をのせ、煙草を吸い始めた。その位置は覆面パトカーの正面だった。

煙草を吸っている男とプリントアウトした写真を見比べ、鮫島はパトカーを降りた。

男は酔っているようだった。鮫島が近づいても、気にするようすもなく首をふり、ひとり言をつぶやいている。

「程さんか」

鮫島が問いかけると顔を上げた。瞬きし、

「あなた誰？」

と訊ねた。

「新宿警察署の鮫島といいます。訊きたいことがあるので、いっしょにきてくれますか」

瞬間、男の目から酔いが抜けた。

「理由はわかりますね」

男の目が逃げ道を捜すように動いた。

「ここで逃げだしても同じだ。むしろかえって悪いことになる」

男は深々と息を吸いこんだ。

「わかってるよ。こっちからいこうと思ってた」

負け惜しみのように言った。鮫島は男を立ち上がらせ、覆面パトカーの後部席に乗せた。


群馬県警からの迎えは午前零時過ぎに新宿署に到着した。程の身柄を引き渡す手続きの終了は午前一時を回った。程はそのまま群馬県警に移送された。留置場で短い夜を過したあと、取調をうけることになる。

高崎ナンバーの覆面パトカーを見送り、鮫島は歩きだした。「ママフォース」に向かう。

扉を押すと、二人の客がカウンターにいた。六十代のベレー帽をかぶった男と、長身で髪をボブカットにした女だ。男は昔からの常連で、イラストレーターの田中(たなか)という。

「こんばんは、先生」

「お、久しぶり」

田中はご機嫌な口調で答えた。

「今日は珍しい夜だよ。『ママフォース』にこんな美人がいるなんて」

女が首を回し、田中と鮫島に微笑(ほほえ)んだ。

「ずっとわたしをほめているんです。光栄です」

「先生と会うのは初めてなのよね、安(あん)さんは」

ママがいった。

「アンさんというのか。美人にぴったりの名だ」

田中が頷(うなず)いた。

「安全の安と書きます」

「うん?」

「中国の方よ。前に中川(なかがわ)さんとみえたの。神保町(じんぼうちょう)で翻訳事務所をやってる」

「ああ。あの水滸伝(すいこでん)の話をえんえんとしておった人」

「はい。わたし、中川さんの会社で働いています」

「そうなんだ。『ママフォース』も国際的になったな」

鮫島は、田中とは反対側の、安の左隣に腰をおろした。ママに頷いてみせる。ママがジエイムスンの水割りを作った。

安の前にはジントニックのグラスがあった。

「程はさっき高崎に連れていかれました。いただいたメールのおかげです」

水割りをひと口飲み、鮫島はいった。

「よかったです。役に立って」

安は低い声で答えた。百七十センチ近い長身に似合っていた。初めて会ったとき、ママがブーツをはいている。上半身にぴったりフィットしたセーターに革のスカートを着け、モデルのような体型だといっていた。

色が白く、口紅以外の化粧をほとんどしていないように見えるが、スタイルのよさもあって、人目を惹く。

「あなたにお世話になるのは二度めだ」

「お礼です」

三ヵ月前、やはり鮫島の携帯電話に彼女からメールが入った。歌舞伎町二丁目のビルの改修工事現場事務所で、昼の二時、覚せい剤の受け渡しがおこなわれる、という内容だった。受け渡しにかかわっていたのは、工事の現場監督と中国人の運び屋だった。その情報をもとに内偵した鮫島は、四人を逮捕し、二百グラムの覚せい剤を押収した。

「翻訳事務所で働いているわりには顔が広い」

鮫島はいった。田中は、ベレー帽の下に残った髪の量について、ママと話しこんでいる。

「今の仕事をする前は、わたしいろいろなことをしていました。だからお友だちが多いです」

安の日本語にはほとんど訛がない。初めて会う者はたいてい日本人と思う。鮫島もそうだった。常連の中川という翻訳業者に連れられてきて、会ったのが半年前だ。

その一ヵ月後、「ママフォース」を訪れるためにゴールデン街に近い路地を歩いていたとき、酔っぱらいにからまれている安を助けた。安は「ママフォース」をひとりで訪れた帰りだった。

酒が好きで、ひとりで飲みにいける店を捜していて、中川に紹介されたのを機に、「ママフォース」にきたのだという。

お礼をいいたいからと、ママに鮫島のメールアドレスを訊ね、教えてもいいかと訊かれて了承した。お礼のメールのあと、次にきたメールが、歌舞伎町の覚せい剤受け渡しを知らせる内容だった。その間、安とは「ママフォース」で、一度会ったきりだ。安がくるのは、たいてい早い時間、午後八時前後で、鮫島が足を向けるのは夜中過ぎが多い。

半信半疑の鮫島は、工事現場を張りこみ、以前から運び屋としてマークしていた中国人の男が入っていくのを見て、安のメールを信じる気になった。

「従姉の方に迷惑はかからないと思うが、もし嫌がらせとかをされるようなことがあったら知らせて下さい」

「大丈夫です」

安は鮫島を見やり微笑んだ。きれいな歯並びだった。

「玉蘭」は、中国本土からやってきた者が新宿で商売を始めた、いわゆる「新華僑」の中でも、老舗に属する店だった。一九九〇年代の半ば頃に大久保通りに面した小さな店舗でスタートし、その後、今の位置に移って三階だてのビルをかまえた。当初は中国人の客を相手にしていたが、今は日本人、さらには中国からの観光客も訪れるような有名店となっている。

経営者の趙峰岩(ちょうほうがん)の妻、賀慶紅(がけいこう)が安の母方の従姉なのだと前に聞かされたことがあった。

鮫島自身が足を運んだことはないが、刑事課が忘年会を二度開いている店だった。つまり警察に〝協力的〟なのだ。値段をいくらかまけてもらったり、サービスで紹興酒(しょうこうしゅ)のボトルをだしてもらったりということがあってもおかしくない。

「ご協力いただくのはたいへんありがたいですが、今後はもう、こういうことはなさらないで下さい」

鮫島は告げた。安の笑みが消えた。

「迷惑ですか」

「そうではありません。しかしそのうち誰かが、あなたのことに気づくかもしれない。顔が広いとなれば尚さらだ」

「わたしのことに気づくとは、どういう意味ですか」

「工事現場にクスリを運んでいた男は、どうして自分のことがばれたか理解できないようでした。夜とちがって昼間の歌舞伎町はパトロールも少ない。私が偶然見かけたのだというと、信じられないようすでした。誰かが知らせたと考え、それが誰なのか仲間に調べさせるかもしれない」

「そんなことですか」

安は笑い声をたてた。

「わたしは大丈夫です。昔のわたしを知っている人は、もう少ない」

「だったらどうしてああいう情報が入るのですか」

「偶然です。わたしは鮫島さんにお礼をしたい。でもご飯やお酒をご馳走したらいけないと思いました」

鮫島は苦笑した。

「ご馳走になったらまずいのは、安さんが何か悪いことをしていて、引きかえに見逃してくれという場合です。何か犯罪にかかわっていますか」

安は首をふった。

「わたしの仕事は、ビジネス文書の翻訳です。それは犯罪ですか」

「たぶんちがうでしょう」

「じゃあ、ご飯、いいですか」

鮫島は安を見つめた。安の表情は真剣だった。

「わたしは鮫島さんに興味があります」

「どんな興味です？」

「鮫島さんは中国人のことをどう思いますか」

「どうとは？」

「嫌いではないですか」

「別にどちらでもありません。中国には日本を嫌いな人が多いと聞きますが、日本でそういう中国人には会ったことはない」

「中国人は悪いことをすると思っている人は警察に多くありませんか」

「それは警官にとって犯罪者はお得意さんのようなものだからです。日本人であっても何人であっても、仕事で接するのはたいてい犯罪に関係している人間です。逆にいえば、日本人だろうと中国人だろうと、まっとうな人と会う機会が少ない。だからといって、中国人を見たら必ず犯罪を疑うような間抜けは、そうはいません」

「間抜け？」

「警官は訓練をうけます。犯罪にかかわっている人間には特有の仕草や雰囲気がある。これは国籍には関係ありません。何人であろうと、そういうものを感じたときには注意して観察し、ときには質問をします。それに昔ならいざ知らず、今は外見だけで中国人だとはわからないことが多い」

「わたしは、日本にきて八年です。今は少なくなったけれど、きた頃は、毎日、中国人の犯罪がニュースになっていました。とても腹が立ちました。ちゃんとした中国人もいっぱいいるのに、そういう人たちのせいで、中国人は疑われる。でもどうしようもありませんでした」

「嫌な思いをしたんですか」

「数えきれないです」

安は平然と答えた。

「売春婦とまちがわれたことが何度もあります。友だちと食事をしようとしたら、日本人がいっしょでなければ駄目だといわれました」

鮫島は息を吐いた。

「新宿によくきていたのですか」

「初めの頃は、新宿には中国人がたくさんいるので、何かあったら安心だと思ったんです。そういう人は多かったと思います。でもあるときから、新宿にいくのを考えるようになりました。新宿の中国人というだけで、変な目で見られる」

「なるほど」

「嫌なら帰ればいい、という人もいます。日本人だけではないです。中国人にもいます。でも、日本のことは好きです。日本人にも好きな人います。嫌いな人もいますが」

「それがふつうではないですか。何人だから嫌いという考え方は、私もしません」

安は頷いた。

「わかってもらいたいことがあります。日本にいる限り、外国人のわたしには不安の気持があります。突然、中国人なんかでていけといわれるのではないか。中国にいる日本人も同じだと思いますが」

鮫島はグラスを掲げた。

「日本人だ、中国人だ、という話はやめませんか。ここは酒場です。もっと気楽な話をしましょう」

「わかりました」

安もグラスを掲げた。

「わたしは鮫島さんと友だちになりたいです。いいですか」

「もうなっています」

鮫島は答えた。


一週間後、安からメールがきた。六本木(ろっぽんぎ)の国立新美術館で開かれている絵画展にいかないかという内容だった。指定された日は、美術館の開いている時間にはいけそうもない、と返信すると、夕食はどうかと訊ねられた。夕食は大丈夫だ、と鮫島は返した。


店は安が選んだ。鮮魚がおいしいという居酒屋だった。日本食にはまったく抵抗がないようすで、安は刺し身も煮魚も平らげ、熱燗(あつかん)を飲んだ。

「わたしは北京(ペキン)の南東にある天津(ティエンジン)というところで生まれました。日本の人は天津というと、必ず栗(くり)といいます。日本の企業がいっぱい進出しています。鮫島さんは中国にいったことはありますか」

「ありません」

「一度いくべきです。上海じゃなくて北京がいいです。上海はもう、古い街がほとんどない。北京には少し残っています。日本の人が見ても、なんとなく懐しいと思う」

居酒屋は麻布十番にあった。安は何度かきたことがあるようだ。

「鮫島さんはどこの生まれですか」

「生まれたのは静岡ですが、父親の仕事の都合で、あちこちで育ちました。主に関東圏ですが」

「お父さんは仕事は何をしていましたか」

「新聞記者でした」

「本をたくさん読みましたか」

「家にはたくさんありました。実際読んでいたかどうかは知りませんが、本を買ってくるのは好きでした」

「わたしは天津の大学をでて、日本の大学にきました。最初の二年がいちばんたいへんでした。いっぱいアルバイトをしました。そのときにいろいろな友だちができたんです。日本の男の人ともつきあいました」

「うまくいかなかった？」

「最初はすごくうまくいきました。結婚したいと思いました。でも、駄目でした」

安は肩をすくめた。事情があるようだ。鮫島は訊かなかった。

居酒屋をでた。知っているバーが近くにある、と安はいい、歩き始めた。

麻布十番のメインストリートを元麻布（もとあざぶ）の方向に折れた。人通りが少なくなる。

「スイシェン！」

いきなり声がして、安は足を止めた。あたりを見回す。鮫島は気づいた。声は十メートルほど前方に止まった車の中からかけられたのだ。品川（しながわ）ナンバーの銀色のセダンだった。

安の顔に怯（おび）えがあった。セダンの中に男がひとりいた。

「知り合いですか」

安は頷いた。

「でも、今は会いたくない人です」

セダンのドアを開け、男が降りた。スーツを着て眼鏡をかけている。

「ごめんなさい、待ってて下さい」

安が小走りで男に近寄った。低い声で話し始める。しかたなく鮫島は視線をそらした。

セダンを見つめていて、気づいた。ただの乗用車ではなかった。

やがて男がセダンに乗りこんだ。運転席にすわった男は、鮫島の顔をにらみつけながら走り去った。

バーは、そこから五十メートルほどいったマンションの二階にあった。店名の表示がなかった。扉の内側に立っていたボーイは、安の顔を見ると無言で開いた。

鮫島は入口で立ち止まると、店の中をうかがった。違法すれすれの暗さで、ボックスは小部屋のように仕切られている。

「ここは、やめましょう」

先に進んでいた安の足が止まった。ふりかえる。

「なぜ、ですか」

「暗すぎる」

「暗いと落ちつかないですか」

「ええ」

鮫島は頷いた。安の目が鮫島の目をのぞきこんだ。

「わたしはここが好きです。暗いと安心します」

鮫島は黙っていた。やがて安はほっと息を吐いた。

「わかりました。他の店にしましょう」

芋洗坂(いもあらいざか)を登り、六本木駅に近い、雑居ビルの中にあるバーに落ちついた。サラリーマンやＯＬの客でにぎわっていた。

「怒っていますか」

安が届いたグラスに目を向けたまま、訊ねた。ここでもジントニックだった。

「何をです？」

「さっき男の人と話したこと」

「それは怒る理由にはなりません。誰でもどこかで知り合いにばったり会うことはあります」

「じゃあ、あの店はなぜ駄目でしたか」

鮫島は安を見やった。

「何となく、です」

「何となく？」

安はくりかえし、首を傾(かし)げた。

「鮫島さんらしくないです。何となく……」

鮫島は正面を見た。壁に貼られた安っぽい鏡に、隣りあってすわる鮫島と安が映っている。

「さっき会った人ですが、私と同じ仕事をしていますね」

鏡の中の安がわずかに目をみひらいた。

「知っている人ですか」

「いいえ。しかし乗っている車でわかりました。あれは捜査に使うものです」

安は無言になった。やがていった。

「あの人とは仕事で知り合いました。中国語の書類を日本語に翻訳してほしいと頼まれました。そのあと何回か、ご飯を食べて、お酒を飲みにいきました。でもわたしはそれ以上興味がなかったので、誘われても断わりました」

「なるほど」

「あの人は、鮫島さんとはちがいます」

「どう、ちがうのです？」

「鮫島さんはエリートでしょう」

「エリート？」

「『ママフォース』のママから聞きました。とても難しい試験に合格している」

「合格はしていますが、エリートじゃありません。むしろその逆です。エリートがタイプなら、私はちがう」

安は首をふった。

「そこにとても惹かれました。エリートになれたのにならなかった」

「ならなかったのではなく、なれなかったのです」

「どうして？」

「それは話すと長くなるし、酒には合わない」

鮫島はいって、水割りを干した。お代わりを頼んだ。

「嫌いですか、警察を」

鏡の中で安が見つめていた。

「微妙な質問ですね。警察官という職業は好きだ、と答えておきます」

「戻りたいですか、エリートのコースに」

「ストレートな質問ですね」

安が鮫島の腕に手をかけた。

「わたしは鮫島さんの役に立ちたいです。鮫島さんがエリートコースに戻りたいのなら手伝います」

鮫島は煙草に火をつけた。

「私のことを調べましたか」

ため息とともに質問を吐いた。

「少し」

「協力者にできると思った？」

返事はなかった。鮫島は安を見た。安は再び手もとのグラスに目を落としていた。

「わたしは悲しいです」

低い声でいった。

「鮫島さんと仲よくなりたかった」

「だったらなぜ、さっきのような店に連れていこうとしたんです？　あそこにはカメラがしかけてある。ちがいますか」

「ごめんなさい」

鮫島は深々と息を吸いこんだ。

「焦らなければうまくいったかもしれない。あなたが焦ったのか、それとも焦った人が他にいたのか」

「わたしが焦りました。早く仲よくなりたかったから。あの店にいっても、カメラは回さないでというつもりでした」

「あなたの下の名は、容明(ようめい)。スイシェンとは読まない」

「スイシェンはニックネームです。花の水仙」

「それならぴったりだ」

安は黙っていた。やがて思いつめたような口調でいった。

「駄目ですか。わたしは鮫島さんが偉くなるお手伝いがしたい」

鮫島は息を吐いた。

「きっと時間をかけて準備をしたんでしょう。ですが、最初からまちがった人間をあなたは選んだ。あなたたちは、というべきか。私にどんな手柄を立てさせても、キャリアのコースに戻ることはありえない」

「警察に復讐（ふくしゅう）したいとは思いませんか。こんなに立派で優秀なあなたに、無駄な人生を過させている」

「無駄だとは思いません。いったでしょう、警官の仕事は好きだ」

「でも、鮫島さんはもっともっと偉くなっていい人だとわたしは思います」

鮫島は首をふった。

「鮫島さんの邪魔をしている人たちに、仕返しをしてやりたいとは思わないですか」

「もうしていますよ」

安は瞬きした。

「私が今の場所にいて、全力で仕事をすることが、彼らへの、何よりの復讐です」

鮫島は立ちあがった。安に告げた。

「さようなら。もう二度と会うことはないでしょう」


十日後、久しぶりに「ママフォース」を訪ねると、スーツを着た男たちが現われた。「ママフォース」を張りこんでいたようだ。安からはその後二度とメールはこなかった。

「鮫島さん、よろしいですか」

二人は両側から鮫島をはさむようにしてすわった。他に客はいなかった。鮫島は男たちを交互に見た。

「どこだ」

「公総（公安総務）です」

答えて、右側の男が写真をだした。ママに見せる。

「この女性は、最近、こちらのお店にきていますか」

鮫島は苦笑した。

「何を笑っているんです」

　左側の男のほうが若かった。むっとしたようだ。

「公総は、あいかわらず捜査のしかたが下手だ」

「何だと」

　鮫島は煙草に火をつけた。

「もう、とっくに日本にいない筈だ。それをわざわざ訊くからだ」

「安さん？」

　ママが写真を見つめた。

「きてないわよ、ずっと」

「だからいったろう」

　鮫島は告げた。左側の男がいった。

「現在、我々が事情聴取をしている人間から、あんたが彼女といっしょにいるところを見たという話がでた。安全部が情報収集に使っているバーに入ったそうだな」

「入口でひき返した。怪しい感じがしたんで」

「交際していたのか」

「ここで会ったのが三回、食事をして酒を飲んだのが一回、それだけだ」

「どういうこと？」

ママが訊ねた。

「この女性は『水仙』というコードネームの、中国国家安全部の人間です。警察情報を得るために、何人かの警察官に接近していた」

「まあ」

「彼女とのやりとりは、全部ＩＣレコーダーに録音して、それをプリントアウトしたものといっしょに、上司に預けてある」

鮫島はいった。右側の男がわずかに驚いたように目をみひらいた。

「知っていたのですか」

「途中から疑った。彼女の誘いにのる気はなかったが、会って話したのを理由に、君らのような連中にいいがかりをつけられるのはごめんだと思った」

「いいがかりとは何だ。中国のスパイと接触しておいて、報告しなかったのはあんただろう」

左側の男が激昂した。鮫島は男を見た。

「俺の所属は、生活安全で公安じゃない。報告書は、上司を通じて生活安全部長に届いている筈だ。何か、問題があるか」

男は顔をまっ赤にした。

「けっこうです」

右側の男がいって、立ちあがった。ママを見つめ、

「この件はご内聞に」

と告げた。左側の男は鮫島をにらみつけながら、「ママフォース」をでていった。

「中川さんは知ってたのかしら」

ママが驚きのさめない口調でつぶやいた。

「彼も、もとは日本人じゃない。帰化する前は、周伯雄（しゅうはくゆう）といった。彼の会社じたいが、中国情報機関の隠れみのだった」

「嘘！」

「黙っててすまなかった。彼女と二度めに会ったあと、調べた」

「二度めって、あの酔っぱらいにからまれてたのをあんたが助けたってときでしょう」

鮫島は頷いた。

「このへんで見るタイプの酔っぱらいじゃなかった。奇妙な話だが、サラリーマンの格好をしていると、日本人かそうじゃないかがかえってよくわかるんだ」

「どういうこと？」

「中国人女性が、日本人のフリをした中国人にからまれている。ちょうど通りかかったの

が俺だ。妙だと思うだろう」

「あんたって」

ママがつぶやいて首をふった。

「本当に食えないデカね」

五十階で待つ

五十階に到着するまで、エレベータは途中一度も止まらなかった。「1」から始まったデジタル表示の数字が「50」にかわって動かなくなるまで、俺はずっと扉の上の表示盤をにらんでいた。

こりゃまるで奇跡だ。だってそうだろ。五十階までノンストップで昇りつづけたのだから。

まちがいない。今、俺には流れがきている。俺は確信した。いつかくる、いつかくる筈だ、と信じていたが、正直、この何年かはその自信を失くし始めていたんだ。だけど、きのうの夜ケータイが鳴って、この新宿タワーホテルの五十階にこい、といわれたとき、何かが動きだしたのを感じた。運命の歯車って奴だ。俺の人生は、今日から一変する。

エレベータの扉の先は、長い一本の廊下だった。ふかふかのカーペットがしきつめられていて、人っ子ひとりおらず、しんと静まりかえっている。

エレベータを降りた俺は、ジャケットの裾をひっぱり、ネクタイの結び目がゆるんでいないか指先で確認した。

つきあたりの部屋だ、電話をしてきた奴はそういっていた。五十階でエレベータを降りたら廊下をまっすぐ進み、つきあたりの部屋までこい。

「そこに何があるんだ」

俺は訊いた。

「お前を待っている」

「誰が」

「訊くまでもないだろう」

そいつの声は低くて、重々しかった。だが本人じゃないことはわかっている。〝龍〟がじきじきに電話してくるわけはないんだ。きっと〝龍〟には何人もの秘書やボディガードがいる。何せ、伝説の男なのだからな。

電話をしてきたのは、きっとそういう秘書のひとりだろう。

よく映画なんかにもでてくる。ぶ厚い胸板をしてて、まっ黒のサングラスに黒っぽいスーツを着て、まっ白なシャツにネクタイを結んでいるような奴さ。耳には無線だか電話のイヤフォンが入ってて、決して大声では喋らない。

そういうのはそういうのでけっこうシブいけど、やっぱり俺がなりたいのは、そいつらの頂点に立つ男だ。サングラスにスーツ軍団を従えて、この街を陰から支配する超大物。本名や素顔を知る人間はほとんどいなくて、呼ばれるときはただひとこと「龍」としかいわれない。どんなやくざも中国マフィアも、「龍」と聞いただけでびくっとなる。それから思わずあたりを見回して、首をすくめるんだ。

そんなのマンガか安い映画みたいだって笑う奴は笑え。世の中には、嘘のような本当の話もあるんだ。

俺が初めて、「龍」のことを聞いたのは、まだ中坊の頃だ。学校サボって歌舞伎町で遊んでたとき、高校生にカツアゲされた。そのカツアゲした高校生のシマさんが教えてくれた。

シマさんは新宿じゃ有名なワルだった。チームも組まないし、やくざにだって頭を下げないっていわれてた。いつも一匹狼で、相手が何人だろうと逃げなかった。ぼこぼこにされることもあったみたいだけど、次に相手がひとりのときにでくわしたら必ずお返しするっていっていた。「最後のヤンキー」って渾名がついていた。

カツアゲされてから次に会ったとき、シマさんは、「よう」と声をかけてくれて、俺は仲よくなった。二人で田舎者のガキをシメたり、公園でイラン人に追っかけられたりしたもんだ。

　そのシマさんがあるとき、いった。

「お前、知らないだろう。この街にはよ、やくざの親分でも逆らえないような、超大物のボスがいるんだぜ」

　シマさんは、新宿のやくざにはすごく詳しくて、歩いている人を見て、あれは○○会の会長だ、とか××組の若頭で次期組長だ、とか俺に教えてくれた。だからって挨拶するわけじゃない。ほら、やくざにも頭を下げないってのが、あの人の売りだったから。

「超大物のボスって中国人か何かっすか」

「正体は誰も知らない。ただ、『ドラゴン』て呼ばれてる。龍だ」

「なんか中国人ぽいすね」

「中国人だったら、やくざは恐がらねえよ。全部のボスみたいなものなんだ。その人のひと言で、組長のクビが飛ぶって話だ。あのイケイケで有名だった○○会の前の会長も、『ドラゴン』ににらまれたんで引退届をださせられたくらいだ」

「すごいじゃないですか、なんでそんなに力があるんすか」

「わからねえ。すげえ金持で、殺し屋みたいな部下がいっぱいいるのじゃないかな。だから逆らった奴は、すぐ消されちまうって話だ」

「おっかねえ」

「でもよ。『ドラゴン』がやくざとちがうのは、後継ぎを街から見つけて指名することなのだと。きのうまで『ドラゴン』と縁もゆかりもなかったのに、ある日、『明日からお前が新ドラゴンだ』っていわれるらしいぞ」

「え？　どうやってそんなの見つけるんです」

「そこが『ドラゴン』なのさ。見てるんだよ、街を。腕がよくて度胸があって、『ドラゴン』の名を継ぐのにふさわしい奴をいつも捜してるんだ。何人か候補を見つけて、ずっと観察してるって話だぜ。その観察も一日とか二日じゃなくて、何年てあいだつづく。そうして、こいつこそがふさわしいってのが見つかると、使者がくるんだ」

「使者？」

「そうさ。『ドラゴン』の秘書だ。秘書は、最終テストをして、その候補者が新『ドラゴン』になれる奴かどうか確かめる」

「げっ、テストかよ」

「学校のテストとはちがう。もっと命がけのテストだ、馬鹿、そのテストに受かったら、『ドラゴン』を継ぐんだ」

「じゃあ今の『ドラゴン』て年寄りなんですか」

「わかんねえ。でも、『ドラゴン』に選ばれた人間は、次の『ドラゴン』が見つかるまでは辞められないんだ。だからテストに合格する奴がでてくるまではずっと『ドラゴン』でいなきゃならねえ」

あれから十年もたった。シマさんとはその後だんだん会わなくなって、新宿で姿を見なくなった。もしかしたらシマさんが新しい「ドラゴン」に選ばれたのかもしれない、と俺は思っていた。

でも確かめようがない話だ。

次に「ドラゴン」の話を聞いたのは、歌舞伎町の裏DVD屋で雇われ店長をやっていたときだ。店員で、めちゃめちゃインターネットとかそういうのに詳しい奴がいて、早い話、オタクなんだけど、街の裏情報とか闇サイトとかばっか検索してて、ある日、

「店長、『新宿のドラゴン』て知ってますか」

って訊いてきたんだ。

ちょうどそのとき、店に客がいたから俺は、

「バカ、でかい声だすな」

って叱った。「ドラゴン」の関係者が裏ＤＶＤを買いにくるとは思えないけど、何かあるとヤバいからさ。

「え、知ってるんですか」

「噂は、な」

「超ヤバいらしいじゃないですか。闇の頂点とかいわれてて。警察もぜんぜんつかまえらんないらしいですよ。殺し屋百人抱えてて」

「おおげさだ。ネットだからそういわれてるだけだろう」

「いや、きのう見つけたサイトに、『ドラゴン』が消した人間のリストがでてて、政治家とかやくざとか、大物ばっかりなんです。本当かなと思って」

「そのリスト、見せてみろよ」

「明日もってきます」

そういってたのが翌日、店にサツが踏みこんで、俺は一応〝店長〟だからパクられた。二晩泊められて、許してもらった頃には、そのオタクはとっくに飛んじまってた。まあ、「危険手当」こみでいい給料もらえる仕事だったけど、一度パクられると印しがついちまうから、二度は使ってもらえない。裏ＤＶＤ屋はその頃、組関係のいいシノギだったから、いくらでもかわりの人材がいたんだ。

最後に、「ドラゴン」の話をしたのは、一年前で、メンキャバで少し働いていたときだ。メンキャバってのは、要するに安いホストクラブだ。くるのは、キャバとか風俗の姐ちゃんが多くて、それなりにおいしい思いはできたのだけど、俺は半年くらいで辞めた。

そのときの客に、「あたしは『ドラゴン』の女だった」てのがいたんだ。体中にタトゥが入ってる、なんかヤバそうな姐ちゃんで、店にくるときもクスリとか相当キメてきてる感じだった。先輩の話じゃ、ソープで働いてるって。いつもえんえんとよくわかんない宇宙の起源とか人類の進化の話だとかして、皆んなひいてるのにおかまいなしなんだ。

俺がたまたまついて、タトゥの話になって、

「肩のそれ、ドラゴンじゃないすか」

ていったら、

「そうよ。あたし、女だったから」

と答えたんだ。俺、びっくりして、

「え、あの『ドラゴン』の彼女ってことすか」

て訊き返した。すると向こうがもっとびっくりした。

「あんた、『ドラゴン』のこと知ってんの」

真顔になっていうんだ。

「噂だけ、ですけど。すごいボスなんですよね。裏の世界の」

「そうね」

その女は、店の中を見回していった。

「あの人が直接、人殺すとこ見たの、あたしくらいかしら」

「ヤバくないですか!?」

「そう。だから逃げたの。でも気に入られててね。今でも帰ってこいって迎えの人がくる」

「でも『ドラゴン』の彼女なら贅沢し放題じゃないですか」

「いつも見張りつきが嫌だったの。ボディガードとか運転手とか。監視されてるみたいで」

俺は思わず身を乗りだしてた。

「いったい、今の『ドラゴン』ていくつくらいなんですか」

「そういう話はしちゃいけないのよ。あんたに話したら、あんたが誰かに喋る。回りまわって『ドラゴン』の耳に入ったら、あたしがどうなるか」

女はそこで言葉を切って、静かに俺を見つめた。

「わかる?」

俺は焦った。

「いや、誰にも喋りませんから。絶対に」

女は笑った。

「いいわ。あんたけっこう可愛いから教えてあげる。もう五十は過ぎてる。そろそろ次を見つけないといけないのに、いい人がいなくて悩んでるらしいわ」

「そうなんですか」

俺はちょっとがっかりしていた。シマさんじゃないってわかっちまったからだ。シマさんだったら、まだ三十くらいの筈だからな。

その女とは、二、三回指名もらったりしてたけど、係の奴がそれで俺にヤキモチ焼いて呼びだされたんで、頭にきてぶっとばしちまった。男のヤキモチなんて最悪だと思わないか。本気で惚れてるならともかく、裏じゃ「ラリッパ女」なんて呼んでたくせに。

メンキャバもそれで辞めた。ＤＶＤ屋のときの知り合いのやくざ屋さんに、うちの組にこないかって声をかけられたのだけど、今さら下っ端で一から修業するのはつらい。クラブのセキュリティとかやって、アフリカ人とケンカばっかりしてた。

そうしたら、きのうの晩、電話がかかってきたってわけだ。

廊下をまっすぐ俺は歩いていった。左右に並んでるドアの向こうからは、何の音もしなくて、たぶんこの五十階に他の客はひとりもいないにちがいない、と俺は思った。五十階のワンフロア全部、「ドラゴン」が借り切っているんだ。いや、もしかすると、この新宿タワーホテル全館かもしれない。「ドラゴン」だったら簡単な話だ。

そしてそれを、俺と会うためだけにしたのだとすれば、俺もけっこうすごい奴じゃないか。

廊下のつきあたりには、大きい扉があった。両側にとってのついた二枚扉だ。開くと、今度はふつうのドアが奥にある。スイートルームってこういうのをさすのかな。

ドアの横にあるチャイムボタンを俺は押した。

中からドアが開けられた。開けたのは、スーツは着ているものの、どうってことないふつうのオヤジだった。サングラスもかけてないし、背だって俺より低い。それどころか頭がちょっと薄くなりかけてる。

まさかこのおっさんが「ドラゴン」じゃないよな、と俺は少し悲しくなった。

「よくきてくれたね」

おっさんは優しい声でいって、なめるように俺のことを見つめた。

「あの、『ドラゴン』は？」

俺はせいいっぱいシブい声をだした。

「奥で君を待っている。ただし――」

急におっさんの口調がかわった。恐い声だった。

「この奥の部屋で『ドラゴン』と話をしたら、君の人生はもうあと戻りがきかない。その覚悟はあるか」

びびった。あと戻りがきかないってどういうことだ。もしかして俺はここで消されちまうのか。

「それがないのなら、元きた道を通って帰りなさい」

またおっさんの口調が優しくなった。

俺は腹に力をこめた。セイカタンデンて奴だ。それが何だかは知らないけど、そこに力を入れると度胸がすわるらしい。

「大丈夫です。覚悟ができてなきゃここにはこない」

きません、ていうべきだったかなと思ったけど、遅かった。何タメグチきいてんだって怒られるかもしれない。

けれどおっさんは、

「よし」

と頷いて、部屋の奥を手でさした。

「では、そこのドアを開けて、奥にいる彼と会え」

「はい」

俺の声は少し上ずってた。カッコ悪！　と思ったが、どうにもならない。

応接セットのおかれた部屋をよこぎって、奥のドアの前に立った。ノックをしたほうがいいのかちょっと迷い、俺はノックした。何といっても相手はあの「ドラゴン」だ。度胸があるのと礼儀知らずは別だからな。

「どうぞ」

低い声が聞こえた。俺はドアを開いた。

そこは馬鹿でかいベッドのおかれた部屋だった。窓ぎわに二人が向かい合わせですわれるテーブルと椅子のセットがあり、そこに男がひとり腰かけていた。部屋の中は暗くて、男の顔もはっきり見えない。

男は窓の向こうに目を向けて葉巻を吸っていた。そこに広がるのは新宿の景色だ。男が陰から支配している街は、今日はどんよりと曇った空の下にある。

「閉めて」

いわれて初めて、俺はドアを開けたままだったことに気づいた。ドアを閉める。そのまつっ立っていた。正直、どうしていいかわからなかった。

「私のことは知っているか」

やがて男が訊ねた。

「はい」

「私のようになりたいか」

俺は一瞬何と答えていいかわからなかった。夢みたいな気分だった。ガキの頃から憧れよりももっと遠い存在だと思っていたものに手が届くかもしれない。

「え、いや、はい」

俺の返事はもうめちゃくちゃだった。だが「ドラゴン」は怒りも笑いもしない。

「この景色はどうだ」

いきなり訊かれた。

「新宿です」

間抜けな答だとわかっていた。けれどそれ以外思いつかない。

「お前にはどう見える？　わくわくするか」

俺は部屋の入口から窓に近寄った。新宿を高層ビルから見おろすのは初めてじゃない。夜景が見えるレストランやバーにいったことは何回もある。

だけどこのときほど、自分が高い場所にいると感じたことはなかった。高いというのは地上何百メートルだとかそういうのじゃなくて、何というか、神のそばから見おろしている気分なんだ。

「します、すごく」

「そうか」

「ドラゴン」は葉巻を深々と吸い、濃い煙を窓に吐きかけた。

「若かった頃、超高層ビルからこの街を眺めると、世界の頂点に立っているような気がしたものだ。ネオンも車のライトも、そこに生きている人間の営みが感じられて、その豆粒のような人のひとりひとりが愛おしかった。どきどきした。このひとりひとりの仕事や生活や秘密に触れられるとしたら、それはどんなにすごい力だろう。まさに支配者だ」

俺は黙っていた。その通りです、というのも馬鹿げている。「ドラゴン」だって、俺なんかのそんな返事は期待していないだろう。

「だが、今この目にうつる街に、そんな人間の営みなど感じられない。無味乾燥だ。つまらん。あるのは、セメントとプラスチックのかたまりに過ぎない。ハリボテのようなものだよ。人間はどいつも機械のようで、嬉しいのか悲しいのか、まるで見えない」

よくわからなかった。「ドラゴン」は何を俺に聞かせたいのだ。

「でもお前にはちがって見える。そういうことだな」

「俺すか」

思わずいっちまって、しまったと思った。

「どうなんだ？」

「はい。俺は、いや、自分には、この景色はわくわくします。いろんな人間がいて、皆いい目にあいたくて、あっちいったりこっちいったりして、なんかそれがすごくいいなって」

「ドラゴン」は微笑んだ。ようやく近くから「ドラゴン」の顔を見られた。五十四、五くらいだろうか。髪を短く刈っていて、灰色のヒゲを生やしている。格好いい遊び人のオヤジみたいだ。

「なるほど」

「ドラゴン」は黙った。俺も、しかたなく黙っていた。

「『ドラゴン』になりたいか」

不意に「ドラゴン」が訊ねた。

「なりたいです」

「なぜだ」

「自分には何もないからです。頭もよくないし、コネもありません。度胸は少しはあると思いますけど、そんな奴は世の中にいっぱいいます。そこから抜けてでるには『ドラゴン』に選ばれることしかありません」

「ドラゴン」は葉巻を灰皿においた。

「自分に自信がないのか」

「はい。でも今日は少し、もてます」

「なぜだ」

「自分が『ドラゴン』の候補者だというのがわかったんで」

「ドラゴン」は大きく息を吐いた。

「自信は、もちすぎるよりは、もたないほうがよい場合もある。といって何もできないと自分を決めつけている人間は、やはり何もできない」

俺は黙っていた。本当は有頂天だった。俺ってすげえ、という思いで胸がぱんぱんにふくらんでいた。

「お前に『ドラゴン』を譲るべきかどうか、まだ私にはわからない。それにふさわしい人物かどうかを確かめる必要がある」

俺は頷いた。シマさんのいっていた〝テスト〟だ。

「ドラゴン」は灰皿から葉巻をとりあげた。

「近いうちに連絡がいく。それはお前に何かをしろ、という内容だ。できないと思えば断わればいい。断わってもペナルティは何もない。二度と連絡はこない。ただ、私とこうして会って話したことは決して人に喋ってはならん。もし喋ればそのときは、お前がこの世から消えてなくなる」

「いわれたことをやったらどうなるんです？」

「ドラゴン」はつかのま黙っていた。葉巻をくわえ、俺の目を見つめている。俺はぞくぞくした。俺は今、試されている。

「また連絡がくるだろう。それにしたがえばいい」

「わかりました」

俺の声はかすれていた。

連絡がきたのは、それから二日後の朝だった。

「アパートの郵便受を見ろ。東口のコインロッカーの鍵がある。コインロッカーからだした荷物をJR立川駅の南口まで運べ。午後三時きっかりに南口をでたところに立っていろ。荷物をうけとりにくる者がいるから渡せ。荷物の中は決して見るな」

電話をかけてきたのは、たぶんあのスーツのオヤジだと思うが自信はない。

俺はベッドからすっ飛んで起きて、アパートの郵便受をのぞいた。本当にコインロッカーの鍵が一本、おかれていた。

新宿駅に向かい、鍵のナンバーを頼りにコインロッカーを捜した。見つけて扉を開くと、中にはガムテープを巻きつけた封筒が入っていた。

俺はショルダーバッグをもっていた。これが〝テスト〟なら、俺の行動は監視されている。ロッカーからだした荷物をむきだしでもって歩く阿呆だと思われたら〝テスト〟は落第だろう。荷物をショルダーバッグに入れた。

いったんアパートに戻った。その足で立川に向かうには時間が早かった。

荷物の大きさは、大きめの本くらいだ。平べったくて、何かの箱のようだ。重さはたいしてない。

アパートのドアに鍵をかけ、俺はバッグからとりだした荷物を眺めた。封筒はふつうの茶色い紙製でガムテープも荷造りに使うようなありふれた品だ。もって振ってみたが、中身が何か見当のつけられるような音もしない。

開けばきっとガムテープのノリで封筒は破れてしまうだろう。開ける気はもちろんない。この中身がいったい何であろうと、俺はいわれた通り、仕事をするだけだ。それが「ドラゴン」になるための道なのだ。そういえば昔、そんなタイトルの映画のビデオを見かけたような気がする。

立川駅までの時間をきっちり調整し、俺はアパートをでた。新宿駅にいったときはジーンズだったが、今回はスーツを着た。変装しろといわれたわけじゃないが、それくらいの頭は使えるってところを見せなけりゃな。

立川駅に着いたのは、三時十分前だった。俺は駅の構内で時間を潰し、三時きっかりに南口に立った。

それから待った。五分はあっという間に過ぎ、十分たち、三十分が過ぎた。近寄ってくる人間はいない。

一時間が過ぎ、二時間がたった。俺はまちがえたのだろうか。立川駅じゃなかったのか。確かに声は「立川駅」といっていた。三時きっかり、ともいった。第一ちがっていたら、ケータイに電話がある筈だ。

するとこれもやっぱりテストなのか。

俺は我慢して待つことにした。途中、一度だけどうにもならなくなってトイレにいった。それ以外は、飲まず食わずで午後十一時まで立っていた。

十一時になったとき、何かトラブルがあったにちがいない、と俺は考えることにした。八時間も連絡なしなんてありえない。

ケータイには相手の番号は表示されてないから、こちらからは連絡がとれない。

俺はアパートに戻った。部屋に入り、鍵をかけたときは、十二時を過ぎていた。

「タワーホテルの五十階にこい、きのうの荷物をもって」

翌朝、電話で俺を起こした男はいった。文句をいう暇もなく、電話は切れた。

俺は起きあがり仕度をした。荷物はテーブルの上にあって、ガムテープもはがしていなかった。

はがさなくてよかった。丸一日待ち呆けをくらわされたことで、きのうの夜、よほど中を見てやろうかと思ったのだ。

だが考えてみればそれも〝テスト〟だったのかもしれない、忍耐を試すって奴だ。

今度のエレベータは途中で何度も止まった。五十階で降りた人間は、俺ひとりだったが。

廊下を歩き、つきあたりの部屋にいった。ドアチャイムを押す。

スーツのオヤジがドアを開き、

「荷物を」

と俺にいった。俺がバッグからだして渡すと、

「ご苦労だった」

ドアを閉めようとした。

「あの、『ドラゴン』は？」

俺はいった。オヤジは俺を見つめ、

「今日はいない」

とだけ答えて、ドアを閉めた。

それきりだった。〝テスト〟についちゃ何もいってくれなかった。

だけどしかたがない。こんなお使いみたいな仕事はガキでもできるんだ。きっとこれか

らもっと大きな〝テスト〟をやらされるにちがいない。俺は思って帰ることにした。

廊下を歩いてエレベータに向かった。エレベータホールに男がひとり立っていた。五十階の通路で初めて人を見た。

四十歳くらいのおっさんで革のジャケットにジーンズをはいている。もしかしたら「ドラゴン」の手下かもしれないと思って俺は緊張した。

ボタンを押し、エレベータが上がってくるのを待った。エレベータがきて扉が開くと、俺とそのおっさんは並んで乗りこんだ。おっさんは俺に背を向け、扉のほうを向いている。

ロビーに着くまで、今度は一回も止まらなかった。

エレベータを降り、ホテルの外にでた。次の〝テスト〟を待つしかない、と俺は考えていた。たぶんこれは、最初のほんの小手調べって奴だったんだ。

歩道を歩きだして少ししたときだった。

「ちょっとすみません」

声をかけられ、俺は立ち止まった。ふりかえってぎくりとした。エレベータでいっしょになった革ジャケットの男だ。やはり「ドラゴン」の手下か。

男がジャケットの中からとりだして見せたのは、金色のバッジだった。

「新宿署の鮫島といいます。少しお話を聞かせていただいてよろしいですか」

何てことだ。マッポだ。「ドラゴン」をマッポが見張っていたなんて。いや、これも〝テスト〟なのか。「ドラゴン」の手下にはマッポもいるかもしれない。そして俺がどれだけ秘密を守れるのか〝テスト〟しようとしているんだ。

「何ですか」

俺はなるべく表情をかえないようにいった。

「先ほどタワーホテルの五十階におられましたね。そこで誰かとお会いになりませんでしたか」

「会ってません。友だちが泊まってるっていわれていったのだけど、今日じゃなかった」

俺はその場で考えついた嘘をいった。

「どこかの部屋の戸を開けませんでした？」

俺は首をふった。

「途中で日にちをまちがえたことに気がついたんで、引き返した」

見ていたといわれたって、何かのまちがいだといいはってやる。

「そうですか。ならばけっこうです。近頃、『ドラゴン』という男にだまされる人が多いものですから」

刑事はひとり言のようにいった。

「何です、だまされるって」

俺はつい訊き返していた。

「都市伝説のようなものです。あなたのような若い人をだまして、いろいろなことをやらせる」

「都市伝説？」

「ええ。元はネットか何かで始まったらしい。『ドラゴン』と呼ばれる街のボスがいて、後継者を捜している。選ばれた候補者にはテストが課せられ、合格すると、次のボスになれるというのです。もう何十年も前からある手口なのですがね」

「何の手口なんですか」

「たとえば、クスリや他人名義の通帳など、もっているだけでマズい品物を受け渡しするときの運び屋に使うんです。警察が見張っていないか、それで確かめる。うまく使えるとなると、何度かそうしてただで運び屋をさせるんです。本人はかわいそうなことに〝テスト〟だと思っているから、疑わない。違法行為に加担しているという実感もない」

俺は口を開けていたと思う。

「そ、そんな話が本当にあるのですか」

「タワーホテルの五十階にある部屋を、詐欺グループは使っています。この一週間で、ちようどあなたくらいの若い人が、そうですね十人くらい出入りしていますよ」

「嘘だ」

「嘘じゃありません。ホテル側にも協力を依頼して防犯ビデオを撮っていますからね」

「あんた、本物の警官かよ」

刑事は頷いた。

「立川駅にあなたがずっと立っていたのも知っています。あなたに職務質問をかける警官がいないか、五十階にいた男が監視をしていました。あなたはたぶん〝テスト〟に合格した。きのうもたされたのはダミーで、近いうちに本物の非合法品を運ばせられるでしょう。それが奴らの手口です。『闇の宅配便』と称して商売をしているんです。メッセンジャーはだまされた人ばかり。運び賃ももらえないのに、真面目に仕事をこなす。ひどい話ですよね」

足元が溶けちまったような気分だった。俺の気持がわかったのか、刑事はいった。

「まあまあ、元気をだして。彼らにひと泡吹かせませんか」

「ひと泡吹かせる?」

「次の〝テスト〟のときに、あなたを運び屋にしたてた連中をつかまえます」

「俺は――」

「あなたが罪に問われないようにすることはできます。相談しましょう」

別の意味で、運命がかわっちまった。俺はしかたなく頷いていた。

「では、署のほうに」

刑事はいった。

霊園の男

都営小平霊園は、新青梅街道と西武新宿線にはさまれた三角形の区画の中にある。車で訪れるには新青梅街道をいけば簡単だが、霊園内には花屋などがないため、墓参の場合、小平駅周辺の売店に寄る必要があった。

花と線香を買った鮫島が、間野総治の墓所の前に立ったのは、午前十時を少し過ぎた時刻だった。

よく晴れた火曜日で、澄んだ空気を小鳥の鳴き声が満たしている。花を手向け、線香に火をつけて、手を合わせた。

間野の命日には少し早かったが、非番の今日、こられるうちにきておこうと考えていたのだ。

しばらく墓所の前でたたずんだあと、鮫島は停めておいた車に戻った。

男がひとり、そのかたわらに立っていた。年齢は四十前くらいだろうか。濃いグレイのスーツを着て、白いシャツにネクタイを結んでいる。

「鮫島さんですか」

まっすぐに鮫島を見つめ、声をかけてきた。鮫島は足を止めた。かすかに訛があった。

「そうですが」

「間野の息子です」

男はいって、軽く頭を下げた。鮫島はわずかに息を呑んだ。

間野が結婚していたのは知っていた。一九四七年生まれの間野は、十八歳で警視庁警察官に採用され、二十二歳からの十年間、公安部公安一課に勤務していた。その間に結婚し、一子をもうけたが、一九八〇年に離婚している。一九七九年、公安一課分室、通称「サクラ」に転属となった間野は一九八五年、国外での職務遂行中に失踪した。

鮫島が間野に初めて会ったのは、それから十年以上もたってからで、日系ブラジル人の「ロベルト・村上」を名乗っていた。その後、仙田、深見という偽名を使い分け、昨年、自らが設立した盗品故買市場を広域暴力団稜知会に乗っとられた。そして外国人犯罪者を排除する目的でその動きを助長させたとして、当時警視庁組織犯罪対策部理事官だった香田を憎み、射殺しようとした。

それにはもうひとつ、目的があった。警視庁警視正と日本最大の暴力団のあいだで交された〝密約〟を暴き、無効化させる狙いだ。

間野は、警護の暴力団員ひとりを射殺し、ひとりに瀕死の重傷を負わせ、香田に銃口を向けた。

鮫島はそれを止めようと、一発を撃ちこんだが、間野はひるむことなく、香田を狙った。やむなく、鮫島は二発をさらに撃った。間野は死亡した。

間野の葬儀に、前妻と子供は出席しなかった。通知はしたが、警察官から国際犯罪者へとその立ち位置をかえた、かつての夫、父とは、もはや無関係である、との返事がかえってきただけだった。

「あなたが」

鮫島は男を見つめた。

「矢吹といいます。矢吹は母親の姓です」

男はいった。色白で、端整な顔立ちをしていた。色黒で、目立たない風貌だった間野には、あまり似ていない。

「葬儀の案内をおだししたのですが」

矢吹は頷いた。

「申しわけありませんでした。昨年、私は仕事で海外に赴任していて、母親が断ったとあとから聞かされました」

「そうですか。海外は、どちらに？」

「シンガポールです」

矢吹は答えた。鮫島は我にかえった。

「お父さんのお墓は、その――」

「知っております。先ほど参りました。墓所の費用をだして下さったのは鮫島さんだそうで、ありがとうございました」

矢吹は頭を下げた。鮫島は首をふった。

「とんでもありません。せめてそれくらいのことしか、私にはできなくて」

言葉を止めた。その先を何とつづけたらよいのかわからなかった。疎遠になり、犯罪者であったとしても、目の前にいるこの男の父親を、自分は殺したのだ。

無言のまま、目を合わすこともなく、鮫島と矢吹は立っていた。さっきまで軽やかに美しくさえずっていた小鳥の鳴き声が止んでいる。

「両親が離婚したとき、私は六歳でした。離婚後一年くらいは、父と会う機会もあったのですが、私が小学校高学年のときに音信不通になってしまって。それきり会うことがなくて、去年亡くなったと聞いても、実感がまるでわきませんでした。ただ、刑事さんに撃たれて亡くなったというのには驚きました。父親は警官だった筈なのに、どうしてそういうことになってしまったのか、と」

鮫島はそっと息を吐きだした。

「お父さんを撃ったのは、私です」

矢吹の目が鮫島の目を見つめた。

「はい、知っています。日本に戻ってから、新聞や雑誌の記事を検索しました。父は、ふたりを死傷させ、さらにその場にいた警察官を撃とうとした。鮫島さんはそれを止めようとして撃った、と」

鮫島は静かにいった。

「私は、お父さんと、何度か会ったことがありました。正直なことをいいます。最初に会ったときには、お父さんはもう犯罪者でした。私は警官として、追う側に立っていた。しかし、昨年のあの事件が起きるまで、奇妙なようですが、お父さんに対して悪意はもっていませんでした。自首してもらいたい、と告げたことがあります」

「なのに撃ち殺したのですか」

鮫島は奥歯をかみしめた。

「そうです」

矢吹が息を吸いこむ音が聞こえた。

「私の覚えている父は、信念の人でした。警官だったときも。その人がなぜ、同じ警官に撃たれなければいけないのか、どれほどたくさんの記事を読んでも、そこには書いてないんです。記事にでてくる父は、まるで手負いの獣で、誰彼かまわず、人殺しをしそうだった。だから射殺されて当然だ、という調子で」

「お父さんが絶望されていたのは事実です」

「泥棒市場を作り、それを暴力団に乗っとられた、と書いてありました」

「ええ」

「それが理由で絶望したのですか」

どこまでを話すべきか、鮫島は迷った。だが、間野の息子には、真実を知る権利がある。

「他にも理由は、あります」

「何です？」

「暴力団による乗っとりを黙認した警察官がいました」

矢吹は首を傾げた。鮫島は言葉をつづけた。

「お父さんは、長いこと、アメリカや南米におられた。そこで犯罪組織とのつながりができたわけですが、きっかけは、警察官としての職務でした」

矢吹は理解できないというように眉(まゆ)をひそめた。

「詳しいことは明らかになっていないのですが、アメリカの情報機関の協力者として麻薬組織などとかかわりをもった。その結果、あと戻りできない状況になったのではないかと、想像しています」

「じゃあ、国のために犯罪者になったということですか」

「犯罪、と見なされる活動も、職務としておこなったのは事実でしょう。ただ職務が終われば、その世界から離れることができた筈だと私は思います。しかし、そうしなかった。おそらくですが、この世界の、どこまでが悪で、どこまでが善なのか、ひどくあいまいな領域に長く身をおいた結果、独特の倫理観をもつようになった」

「どんな倫理観なんです？」

「倫理観というよりは、理想、といったほうがいいかもしれない。あるいは信念。いずれにしても、お父さんは、日本にいる外国人犯罪者を束ね、国内の暴力団に拮抗(きっこう)しうるような組織を作ろうとしていた。失敗すると、国外に脱出し、また新たな計画を準備して戻ってくる。その組織の規律は非常に厳格で、麻薬取引に手をだしたメンバーを〝粛清〟したこともありました」

矢吹は歪(ゆが)んだ笑みを浮かべた。

「あなたは、父を、どうしてもひどい犯罪者だったと私に納得させようとしているみたいだ」

「そうではありません。お父さんが絶望した理由を理解していただきたいと思ったから説明したのです。かつて警察官だったお父さんは、海外で自分の立ち位置を見失い、自らのルールをもとに犯罪組織を作った。ところが今度はそれを、古巣である警察の人間と暴力団が組んで奪った。その警察官は、お父さんとは正反対で、この国からあらゆる外国人犯罪者を排除しようと考え、そのためには日本の大型暴力団に一時的に地下経済の管理を任せるのが効果的だと思いついた。外国人犯罪者が利益を得られない地下経済の仕組みを作れば、彼らは日本をでていくだろう、と」

「そんな簡単にいくのですか。いや、かりにいったとして、そのあとはどうするんです。巨大化した暴力団は」

「自分たちは国家権力だと、その警察官は考えていました。法律をかえれば、いくらでも暴力団を弱体化させられる。したがって、外国人犯罪者を排除した暁(あかつき)には、暴力団を次の標的にすればいい」

「じゃあその人の思い通りになったわけだ」

鮫島は首をふった。

「そんな計画がうまくいく筈はありません。確かに警察は国家権力を担っている側面があるかもしれませんが、暴力団も馬鹿ではない。思い通りに排除などできるわけがない。その点に関して、私はその警察官とは反対の考え方をしていました。いや、それより何より、警察が暴力団と密約を結ぶなど、あってはならない、と思ったのです」

「父が撃とうとしたのは、その警察官の人だったのですか」

「そうです」

「その人は今、どうしているのですか」

「警察を辞めました。表沙汰(おもてざた)にはなりませんでしたが、事情が明らかになり、警察にいられなくなったのです」

矢吹はゆっくりと首を巡らせた。霊園の木立ちを見ている。

「父のそばに、女性がいたと聞きました。それも中国人の」

鮫島はわずかに間をおき、答えた。

「いました。日本名を明子(あきこ)という女性です。お父さんはその女性を信頼し、泥棒市場の重要な役割を任せていた」

「その人は、愛人だったのですか」

「ちがっていたようです。そういう意味では男女の関係にはなかった。大切にしていたのは事実のようですが」

「その女の人が裏切ったのだそうですね」

「どこでそれを？」

「週刊誌だったと思います」

「お父さんからすれば、そうだったかもしれません。市場を乗っとった暴力団幹部とつきあいが生まれ、そこでの仕事も任されていた」

「父はコケにされたわけだ。大切にしていた女とビジネスの両方を暴力団に奪われて」

矢吹は悲しげにいった。

「そうかもしれません。ただ、その暴力団幹部も、彼女のことをそれなりに考えていました。発砲が始まる直前、彼女にその場を離れるよう、お父さんもその幹部も命じていた」

「そうしたのですか」

「いや」

鮫島は首をふった。

「彼女はでていかなかった。その幹部に惚れていて、殺されても刑務所に入れられても、その場にとどまる、といい放った」

矢吹の表情がわずかに歪んだ。

「父の前で？」

鮫島は頷いた。

「憐れだな」

矢吹はつぶやいた。そして鮫島を見つめた。

「そう、思いませんか」

鮫島は無言だった。肯定すると、どこか死者を侮辱してしまうような気がした。

「自暴自棄になったとうけとられてもしかたがありませんね、それじゃ」

「お父さんは冷静でした。警察官に銃口を向ける直前、ある質問をしたほどです」

矢吹の目が青空に向いた。

「バリケード封鎖をされた大学構内で、誰かがお前を警察のイヌだといったら、どうやってその場を逃れる？」

抑揚のない口調でいった。鮫島は矢吹の横顔を見つめた。

「小さい頃、何度も聞かされました。お前なら、どうする、と」

「お父さんは答を教えてくれましたか」

「いや」

矢吹は首をふった。

「教えてくれなかった。父が実際にそういう目にあったかどうかも、私は知りません」

鮫島は小さく頷いた。

「小さなお子さんに話して聞かせてもわからないと思ったのかもしれませんね」

矢吹が鮫島に目を戻した。

「父の最期のようすを教えて下さい」

鮫島は奥歯をかみしめた。

「その質問のあと、お父さんは警察官に銃口を向けました。答えろ、と。まちがえれば、あんたは殉職する」

矢吹の目が鋭くなった。右手が上着の中にすべりこんだ。

「警察官の答はこうでした。『そんな問題に正解などない。こうすれば助かるとわかっているなら、誰もがその答をいう。そしてその結果、スパイであるかどうかの問いなど意味をなさない』」

矢吹の右手が煙草の箱とライターをつかんで現われた。一本抜きだし、煙草の箱をもったままライターで火をつけた。

「父は何と？」

「『正解だ。だがそれを知らされずに送りこまれた多くの者がリンチにあった。命を失い、あるいは体のどこかを失って、それでも警察という組織を信じて、ぶら下がりつづけた。なのにお前は、その警察という組織を汚泥にまみれさそうとしている。正解を知っているがゆえのその愚行は万死に値する』」

冷たい風が吹きぬけた。矢吹の唇から煙が真横に流れた。

「そっくりそのままいったのですか」

「一字一句そのままです。忘れることはないと思います」

「そして撃った？」

鮫島はつい、目を閉じた。だがすぐに開いた。矢吹の視線を逃れてはならない、と思ったからだった。

「直後、ひとりの暴力団員がお父さんにとびかかろうとしました。その男を二発撃ち、お父さんは警察官を撃とうとした。私はそのとき撃ちました」

「それで死んだのですか」

鮫島は首をふった。

「お父さんはよろけながらも、『まだだっ』と叫んで、狙いを外さなかった。そこで私はさらに二発撃ちました。それが致命傷になりました」

「その狙いは、あなたにですか」

「いえ。もうひとりの警察官です」

「その人もピストルをもっていたんですか」

「丸腰でした。その場で銃をもっていたのは、私とお父さんだけです」

矢吹は不思議そうに鮫島を見つめた。

「ではなぜ先にあなたを撃たなかったのだろう。あなたを撃って、それからその警察官を撃てばよかったんだ」

鮫島は無言だった。

「父は、あなたが撃つことをわかっていた。暴力団ならともかく、同じ警察の人間が撃たれるとわかって、あなたが見過す筈はない」

「わかりません」

わずかに間をおき、鮫島は答えた。

矢吹は煙草を吸っていた。

「お父さんは大量の出血をしながら尻もちをつきました。私はすぐそばにいき、しっかりしろ、といいました」

「撃っておいて？」

矢吹の目が皮肉げにみひらかれた。

「そうです。お父さんは瞬(まばた)きし、何かをいおうとした。『何だ、何だっ』と私は叫びました」

矢吹が煙草を唇から外した。真剣な表情になっていた。

「『あ』と、お父さんはいいました」

「『あ』？」

「ええ。ですがそれ以上は聞けなかった。血を吐いて、お父さんは亡くなった」

矢吹の顔から表情が消えた。

「それだけですか」

「それだけです」

矢吹の煙草をつかんだ手が上着に戻った。

「そういえば、『明子か』と私は訊きました。最期の瞬間に、女性の名を呼んだのか、と」

「でも返事はなかった？」

「ありませんでした」

矢吹は黙って足もとを見つめていた。右手は懐(ふところ)ろにさしこんだままだ。その姿勢に、鮫島は違和感をもった。足もとから、不意に冷気が這(は)いあがってきたような気がした。

矢吹が目を動かした。

「結局、その警察官の人は無傷ですか」

「無傷です」

「その人の名は何というのですか」

鮫島は首をふった。

「申しわけありません。それはいえません」

「どうしてです？　私がその人に父の復讐をするとでも？」

「あなたが復讐をするのなら私だ。お父さんを撃ったのは、私なのですから。その人の名をいえないのは、もう警察官ではないからです」

矢吹の目が鋭くなった。

「やはりかばうんですね」

「そうではありません。私とその警察官は古い知り合いで、どちらかというと気が合うほうではなかった。彼の、毒をもって毒を制すという発想や、国家権力を超える力はない、という考え方には、私は反対でした」

「なのに名前を教えられない？」

「申しわけありません」

「それがあなたの生きかたか」

「それほど大げさなものではありませんが」

鮫島は矢吹を正面から見つめた。

「お父さんがなぜ、先に私を撃たなかったのか。そして最期に口にした『あ』という言葉の意味を、私もずっと考えていました。しかし答はわからないままです」

「ひとつ目の問いには答がでている。あなたもそれをわかっている筈だ」

矢吹は厳しい口調になっていった。鮫島は首をふった。

「その答が、私が考えたものと同じなら、私は、お父さんを許せない」

「許せない？　許せないってどういうことです。父を殺したのはあなただ。殺しておいて許せないというのは、おかしくないですか」

矢吹の声が高くなった。

「お父さんは、私の手を使って自殺する道を選んだ、というのが、さっきの答です。そうであるなら――」

「そうに決まっている」

矢吹が鮫島の話をさえぎった。

「父は、あなたに撃たれて死ぬ道を選んだ。自分の頭を撃つこともできただろうが、それでは、警察と暴力団の密約を暴くことはできない。市場を奪われ、好きな女も失って自殺した、でかたづけられてしまう。だからあなたに撃たれる道を選んだ」

鮫島は深呼吸した。

やがて矢吹が訊ねた。

「なぜあなたにそうさせたか、わかりますか」

鮫島は無言だった。

「答えて下さい。その答もあなたの中にある筈だ」

「お父さんにとって、あるべき警察官の姿というものがあり、それに私が近いと思ったからら、でしょうか」

「その通りですよ。父はあなたを警官として高く評価していた。だから介錯を望んだのです」

鮫島は矢吹を見すえた。

「生前、お父さんと会っていたのですか」

「ええ」

矢吹は平然と答えた。

「小学校高学年から音信不通になったというのは嘘ですか」

「気づいていたろう、途中で」

矢吹の口調ががらりとかわった。

鮫島は息を吸いこんだ。

「何者なんだ、あんた」

「息子みたいなものさ。あの人に英語や日本語を教わった。ポルトガル語は、俺が教えた」

「日系ブラジル人か」

「何人(なにじん)でもいい。去年、俺はあの人に任された仕事で、ずっとアメリカにいた。だから、あの人を助けられなかった。だが、電話はもらった。あんたに撃たれる前の日だ」

「何といっていた？」

「『清算するときがきたようだ』と。俺は無茶はしないでくれ、と頼んだ。すぐに日本に帰りたかったが、メキシコの連中とトラブっていて、身動きがとれなかった。直後にパクられてな。メキシコの警察と話をつけるのに半年近くかかっちまった」

「復讐しに日本にきたのか」

矢吹は答えなかった。右手を懐ろに入れたまま、短くなった煙草を吸い、地面に落とすと踏みにじった。

「明子のことだけどな。あの人にとって、明子は、あくまでも身代わりだった。手をださなかったのは、それがわかっていたからだ」

「遠藤(えんどう)ユカのことをいっているのか」

鮫島はいった。矢吹は、おやというように眉を上げた。

「知っているのか」

「彼がイラン人窃盗団を率いていたとき、同棲していた女性だろう。中国マフィアが彼女を襲った場に居あわせた」

「モハムッドが死にかけた件だな。あんたに助けられたと奴はいってた」

モハムッドは間野の手下で、命がけで遠藤ユカを守ろうとした。

明子は、遠藤ユカにそっくりだった。

遠藤ユカは、間野が逮捕を逃れるために日本を離れたあと、故郷に戻り結婚している。

鮫島は首をふった。

「逆だ。私と彼女が中国マフィアに囲まれたところに飛びこんできたのがモハムッドだ。モハムッドは銃を乱射して、中国人を撃ち倒した。私ひとりだったら、遠藤ユカを守りきれなかった」

思いだした。遠藤ユカは、美しいが物静かな女性だった。間野との交際の結果、自分にふりかかったできごとに対しても、恨み言のような言葉は一切、口にしなかった。

間野に対して「好きだとか愛している」という感情はもてなかったが、安心していっしょにいられる、と感じていたと鮫島に告げた。

「いごこちのいい〝隠れ家〟みたいな人でした」と、いい、間野がもう日本にいないと知ると、不意に涙をこぼした。

明子は、その遠藤ユカとは外見こそ似ていたものの、まるで異なる性格をしていた。

――わたしは花じゃない。飾っておいて、眺めるだけなんて嫌です。

銃撃戦の直前、明子が間野に向け放った言葉だった。

間野は呆然（ぼうぜん）とそれを聞き、後悔と苦渋の表情を浮かべた。


「あの人の最期の『あ』は、明子の『あ』じゃない」

矢吹がいった。

右手が懐ろからひきだされた。まだ煙草の箱を握っていた。左脇に、わずかだが不自然なふくらみがある。着ているスーツの左右の幅が微妙にちがっていることに鮫島は気づいた。

それ用に仕立てたスーツなのだろう。

新たな一本に、矢吹は火をつけた。

「何の『あ』だというんだ」

鮫島の声がかすれた。矢吹は無言で煙草を吸っていたが、やがて、

「オブリガード」

とつぶやき、

「話は終わりだな」

つけ加えた。右手を軽く上げた。

シボレーの黒い大型バンが離れたところから走り寄ってくるのが鮫島の目に入った。

鮫島の車の前で停止すると、後部のスライドドアが開いた。

矢吹は上着の胸ポケットからサングラスをとりだすとかけた。黒いレンズが鮫島を向いた。

「あの人がそういった人間を殺すわけにはいかない。じゃあな」

シボレーのスライドドアが閉まり、発進した。その黒い車体が霊園を抜ける道を遠ざかる。

鮫島はそっと息を吐きだした。知らぬ間に息を止めていたのだった。

踵(きびす)を回(めぐ)らし、間野総治の墓所をふりかえった。

本当にそうだったのか。

怒りと悲しみがまざったやりきれない気持がこみあげた。

だがそんなことは永久にわからない。そうであったかなかったかを知ることは決してない。

自分にいい聞かせ、車の鍵をポケットからとりだした。

解説

北上次郎
（文芸評論家）

日本推理作家協会編『ミステリーの書き方』（幻冬舎二〇一〇年刊）は、大変興味深い書だ。四十三人の作家が、ミステリーを書くにあたって考えていること、注意すべきことを具体的に書いている書で、作家志望者はもちろんだが、ミステリーはどうやって成り立っているのか、ということについて関心のある方はぜひ読まれたい。刺激を受けること、必至である。たとえば、いくつかの項目をアトランダムに並べてみる。

東野圭吾「オリジナリティのあるアイディアの探し方」
船戸与一「冒険小説の取材について」
真保裕一「視点の選び方」
北方謙三「文体について」
綾辻行人「トリックの仕掛け方」

東直己「ストーリーを面白くするコツ」
花村萬月「推敲のしかた」
今野敏「アクションをいかに描くか」
恩田陸「タイトルの付け方」

ね、面白そうでしょ。こういう項目が四十三も並んでいるのだ。それらについて作家たちが具体的に書いたり、語ったりしているのである。読み物としても十分に面白い。

「新宿鮫」外伝でもある本書の解説を、どうしてこの本の話から始めたのかというと、その日本推理作家協会編『ミステリーの書き方』の中に、大沢在昌が「新宿鮫」について語った箇所があるからだ。テーマは「シリーズの書き方」で、インタビュアーは私である。二段組で二十五ページもあるこのインタビューは、いま読んでもとても興味深い。一九九〇年刊の第一作『新宿鮫』から、二〇〇〇年刊の第八作『風化水脈』まで、著者がどういうふうに考え、どういう工夫をしてきたかを、克明に語っている。

この『ミステリーの書き方』は二〇一〇年刊行なので、二〇一一年刊の第十作『絆回廊』が語られていないのは止むを得ないが、二〇〇六年刊の第九作『狼花』までもが語られていないのは、収録のインタビューが行われたのが二〇〇四年だからである。つまりインタビューは、『風化水脈』と『狼花』の間に行われている。だから対象になったのは『風化水脈』までの八作なのである。

「新宿鮫」シリーズは、一九九〇年刊の『新宿鮫』から、二〇一一年刊の『絆回廊』まで全部で十作品が書かれているので（二〇一五年現在）、本当は十作品をテキストにして語るべきなのだが、八作の舞台裏が克明に語られているだけでも十分に興味深い（第三作『屍蘭』のタイトルを決めるとき、魚、動物ときたら、次は植物だろうという話になって「蘭」が浮上したなんて、信じられますか。まったく面白い）。しかもその後のことについても示唆されているので（その「示唆」については後述する）、「新宿鮫」ファンには必読のインタビューといっていい。さらに言うならば、ここで語っているのは「新宿鮫」についてだが、大沢在昌という作家が小説を書くときに何を考えているのか、どういう工夫をしているのかも、うかがえるのである。

このインタビューはいまでも覚えている。とにかくびっくりしたのだ。『風化水脈』でこのシリーズは変わったことを主張するインタビュアーに対して、作者は次のように答えている。

「ぼくのほうが〈新宿鮫〉を冷淡に見てるんだと思うんですよ。ビジネス的に言うと〈新宿鮫〉はもちろん巨大なんですけど、自分が小説家としてやっていくうえでは、〈佐久間公〕のほうが己との関わり方が太い。〔新宿鮫〕は、極端な言い方をすれば、よく稼いでくれるタレントさんみたいな、もちろん大事なシリーズで、いい加減なスタンスでは向かえないいんだけど、技巧とか組み立てとか計算とかが働くシリーズなんですよ」

　この作者の冷静さが意外であった。「新宿鮫」シリーズに対する考え方が作者と異なるインタビュアーが、――（身を乗り出しながら）このシリーズは変わるシリーズなんですよ！

　と途中で作者に迫る箇所があるが、これをいま読むと、作者を前にして好きなことを言っているインタビュアーに対して、「お前は誰なんだよ」と言いたくなってくる（私なんですが）。このとき立ち会った大森望からは「作者より新宿鮫を愛している男」と言われてしまったが、もちろんその考え方の違いとは、私のほうが正しいということではなく、私が「新宿鮫」を勝手に自分に引きつけて考えているにすぎない。

　第八作『風化水脈』までの「新宿鮫」についてはそのときたっぷりと語っているので、ここでは繰り返さない。ここで語りたいのは、このインタビューの七年後に刊行された第十作『絆回廊』についてだが、まだ未読の方もいるだろうから、何を書いてもネタばれになってしまうだろう。

　だから、こう書くにとどめておく。二〇〇四年のインタビューで、「鮫島にもう一度試練を与えるべきだ」と発言した私は、その試練の三つのかたちを提案している。それは次の三つだ。

①晶との別れ（死別ではなく生き別れが望ましい）
②強大な敵の出現
③庇護者である桃井の退場

つまり、こういう試練を与えれば鮫島が剝き出しになり（試練がはたして必要かどうかはともかく、そうすれば鮫島が剝き出しになるということは作者も認めている）、傍観者としての立場を捨てざるを得なくなる、というのが、そのときの、そして今も変わらぬ私の「新宿鮫」論なのである（鮫島は一貫して傍観者ではないと作者が語っていることも急いで付け加えておかなければならないが）。たしかに剝き出しになりますね、とそのことだけは同意したとき、まさかそれが先の展開の示唆だとは思わなかったことも急いで書いておく。これ以上は書けないが、これが一つ。

もう一つは、このインタビューで作者が先の展開を示唆していることだ。鮫島はまだ人を殺したことがないこと。で、そろそろ考えていること。その次にこう語っている。

「それも、憎いやつを殺すっていうよりは、殺したくない相手を殺さざるをえない状況下で殺すっていう小説にしたいなと。その対象は仙田(せんだ)かなと、実は今漠然(ばくぜん)と思ってるんです」

ここに出てくる「仙田」についても二〇〇四年のインタビューで何度も登場するので関心のある方はそれを読まれたい。ちなみに、「新宿鮫」シリーズで警察関係者と個人的な交友関係を別にすると、複数巻にまたがって登場するのは「仙田」と「真壁(まかべ)」のみ。だから私はそこに深い意味があると推測したのだが——あとは『ミステリーの書き方』を読まれたい。

ここでようやく、本書の話になる。本書『鮫島の貌(かお)』は、二〇〇六年から二〇一一年まで各誌紙に書かれた「鮫島周辺の短編」を一〇編まとめた作品集である。鮫島の視点で書かれた短編もあれば、第三者の視点で書かれた作品に鮫島が登場する短編もある。だから「鮫島周辺の短編」なのである。

本書の最後に収録されている「霊園の男」は、鮫島が仙田の息子と会う話で、これが感慨深い。そうか、仙田には息子がいたのか。仙田を撃ったのは鮫島だが、倒れた仙田を抱き抱えたとき、彼は「あ」とだけ言って死んでいく。では、その「あ」とは何だったのか。「あ」の次に仙田は何と続けたかったのか。そういう短編で、ひたすら感慨深いが、この作品集に収められているのは、こういう後日譚だけではない。たとえば冒頭の「区立花園公園」は新人時代の鮫島を描く短編で、ここには桃井が登場する。

漫画の登場人物が小説中の人物として登場する短編もあるように稚気あふれる作品集ではあるが、「新宿鮫」シリーズを読んできた読者には、さまざまな鮫島の顔を見ることが出来るので大変興味深い。同時に、「新宿鮫」ってもう一〇作も続いているんでしょ、最初から読むのは大変なので、とこれまで手控えていた読者には恰好の入門書となるだろう。そういうふうに、さまざまな読み方の出来る書なのである。

二〇一二年一月　光文社刊
二〇一四年一月　カッパ・ノベルス（光文社）刊

光文社文庫

鮫島の貌　新宿鮫短編集
著者　大沢在昌

2015年5月20日　初版1刷発行

発行者　鈴木広和
印刷　萩原印刷
製本　ナショナル製本

発行所　株式会社 光文社
〒112-8011　東京都文京区音羽1-16-6
電話 (03)5395-8149　編集部
8116　書籍販売部
8125　業務部

ISBN978-4-334-76905-5　Printed in Japan

組版　萩原印刷

お願い　光文社文庫をお読みになって、いかがでございましたか。「読後の感想」を編集部あてに、ぜひお送りください。

このほか光文社文庫では、どんな本をお読みになりましたか。これから、どういう本をご希望ですか。どの本も、誤植がないようつとめていますが、もしお気づきの点がございましたら、お教えください。ご職業、ご年齢などもお書きそえいただければ幸いです。当社の規定により本来の目的以外に使用せず、大切に扱わせていただきます。

光文社文庫編集部

Osawa Arimasa

大沢在昌
新宿鮫シリーズ